25 févr. 1892

Vente des 25 et 26 Février 1892

(HOTEL DROUOT)

CATALOGUE

DE

BEAUX LIVRES

RARES ET CURIEUX

COMPOSANT

LE CABINET DE FEU M. FÉLIX SOLEIL

Directeur de la Succursale de la Banque de France au Mans.

PARIS

CHARLES PORQUET

1, QUAI VOLTAIRE, 1

ÉM. PAUL, L. HUARD ET GUILLEMIN

28, RUE DES BONS-ENFANTS, 28

1892

CATALOGUE

DE

BEAUX LIVRES

LA VENTE AURA LIEU

Le Jeudi 25 et le Vendredi 26 Février 1892

A DEUX HEURES PRÉCISES DU SOIR

A L'HOTEL DES COMMISSAIRES-PRISEURS, RUE DROUOT, 9

SALLE N° 4

Par le Ministère de Me **MAURICE DELESTRE**, Commissaire-Priseur

27, RUE DROUOT

Assisté de **M. CH. PORQUET**, Libraire

1, QUAI VOLTAIRE

et de **MM. ÉM. PAUL, L. HUARD et GUILLEMIN**, Libraires

28, RUE DES BONS-ENFANTS

Voir l'ordre des Vacations à la fin du Catalogue.

CONDITIONS DE LA VENTE

La vente se fait au comptant.

Les acquéreurs payeront 5 p. 100 en sus des enchères, applicables aux frais.

Il y aura exposition chaque jour de vente, de 1 à 2 heures.

Les livres devront être collationnés dans les vingt-quatre heures de l'adjudication. Passé ce délai, ou une fois sortis de la salle de vente, ils ne seront repris pour aucune cause.

Les Libraires chargés de la vente rempliront les commissions des personnes qui ne pourraient y assister.

CATALOGUE

DE

BEAUX LIVRES

RARES ET CURIEUX

COMPOSANT

LE CABINET DE FEU M. FÉLIX SOLEIL

Directeur de la Succursale de la Banque de France au Mans.

PARIS

CHARLES PORQUET

1, QUAI VOLTAIRE, 1

ÉM. PAUL, L. HUARD ET GUILLEMIN

28, RUE DES BONS-ENFANTS, 28

1892

CATALOGUE

DE

BEAUX LIVRES

RARES ET CURIEUX

COMPOSANT LE

CABINET DE FEU M. FÉLIX SOLEIL

Directeur de la Succursale de la Banque de France au Mans.

THÉOLOGIE

I. ÉCRITURE SAINTE. — LITURGIE

1. Bibliorum sacrorum vulgatæ versionis Editio. Jussu Christianissimi Regis ad institutionem Serenissimi Delphini. *Parisiis, excudebat Fr.-Ambr. Didot*, 1785, 8 vol. in-8, demi-rel. mar. r. tête dor. ébarbé.

   Belle édition.
   Exemplaire sur PAPIER VÉLIN.

2. Psalterium Davidis, ad exemplar Vaticanum, anni 1592. *Lugduni (Batavorum), apud Joh. et Dan. Elsevirios, anno* 1653, pet. in-12, titre-front. sur cuivre, mar. brun foncé, fil. à fr. dent. int. tr. dor. (*Thivet.*)

   Bel exemplaire, grand de marges, de cette jolie édition.
   Hauteur : 136 mill.

3. Sacrorum Bibliorum vulgatæ editionis Concordantiæ, ad recognitionem jussu Sixti V. Pont. Max. Bibliis adhibitam recensitæ atque emendatæ à Francisco Luca. *Coloniæ Agrip-*

pinæ, Egmond, 1684, gr. in-8 à 3 col. front. v. f. dos orné à petits fers, fil. tr. dor. (*Derome.*)

Édition recherchée, imprimée en beaux petits caractères. Bel exemplaire de J.-J. DE BURE.

---

4. LE TABLEAU DE LA CROIX, représenté dans les cérémonies de la Ste Messe ensemble le trésor de la belle dévotion aux soufrance (*sic*) de Nre S. I. C. le tout enrichi de belles figures. *A Paris, chez Mazot*, 1651, pet. in-4, texte et fig. gr. mar. r. dos orné, coins et milieux des plats mosaïqués de mar. vert, comp. dorés à petits fers et au pointillé, dent. int. tr. dor. (*Capé.*)

Beau livre comprenant en tout 43 ff. de planches et de texte entièrement gravés par Collin et Durant.

Bel exemplaire couvert d'une riche reliure.

5. HORÆ. Petit in-8 de 224 ff. mar. brun, dos orné à fers azurés, fil. dent. int. tr. dor. et ciselée. (*Thivet.*)

BEAU MANUSCRIT SUR VÉLIN de la fin du XVe siècle. Il est orné : 1o de SIX GRANDES MINIATURES représentant : *Jésus en croix, la Descente du Saint-Esprit, l'Annonciation à la Vierge, le Roi David en prière, la Résurrection de Lazare, la Messe de saint Grégoire*; 2o de SOIXANTE PETITES MINIATURES ayant pour sujets : *les Signes du Zodiaque, les Occupations de chaque mois à la ville et à la campagne, les Quatre Evangélistes, la Visitation, la Naissance de Jésus-Christ, l'Annonciation aux Bergers, l'Adoration des Mages, la Circoncision*, etc., etc. ; 3o enfin, de CINQUANTE-SEPT JOLIES BORDURES, dans lesquelles figurent des motifs d'architecture, des fleurs, des fruits, des oiseaux et des insectes très finement exécutés.

Ce joli volume, orné en outre d'un grand nombre de lettres initiales miniaturées, mesure 142 mill. de hauteur sur 100 de largeur. Il possède son ancienne tranche dorée et ciselée.

6. CES PRESENTES HEURES a lusaige de Rôme *fu‖rêt achevez le XVI. jour de septembre, lan mil‖cccc.iiii.xx. et* XVIII. *pour Simon Vostre, li‖braire demourant a Paris, a la rue Neuve Nostre‖dame a lymage sainct Jehan levangeliste* ‖ (1498), in-4, car. goth. fig. et bordures sur bois, mar. r. dos orné, fil. dent. int. tr. dor. (*Thivet.*)

Cette édition, imprimée par Philippe Pigouchet, dont la marque figure sur le titre, possède un almanach pour 21 ans, de 1488 à 1508. Elle comprend 96 ff. non ch. sign. a à l par 8 ff. et A par 8 ff. et est ornée de 22 planches (non compris le titre et l'*Homme anatomique*) : *le Saint-Graal, le Martire de S. Jean, le Baiser de Judas, l'Arbre de Jessé, la Salutation angélique, la Visitation, Jésus en croix, la Pentecôte, la Nativité, l'Annonciation aux bergers, l'Adoration des Bergers, l'Adoration des Mages, la Circoncision, la Fuite en Egypte, la Mort de la Vierge, Urie, David et Bethzabée, le Jugement dernier, Lazare et le mauvais Riche, la Trinité, la Mise au tombeau, la Messe de saint Grégoire.*

Les bordures contiennent *la Vie de Jésus, la Passion, Histoire de la*

Vierge et de Jésus, les Vertus théologales et cardinales, Suzanne, l'Enfant prodigue, les Quinze Signes, le Jugement dernier, la Danse des Morts (66 vignettes), des scènes des champs, des chasses, des grotesques, arabesques, etc.

Bel exemplaire réglé, sur VÉLIN, grand de marges. Initiales et bouts de lignes en or et en couleur. Hauteur : 214 millimètres.

7. HORE CHRISTIFERE VIRGINIS MARIE secũdum usum || Romanũ ad longũ absq; aliquo recursu cũ illius || Miraculis ꝛ figuris apocalipsis et biblianis una cũ || triũphis cesaris. || *S. l. n. d.* (*Simon Vostre, Almanach* de 1508 à 1528), in-4, car. goth. fig. et bordures gr. sur bois, mar. r. comp. sur le dos et les plats, mosaïqués de mar. noir et blanc, fil. entrelacés et fleurons dorés, doublé de mar. olive, riches comp. dor. tr. dor. (*Capé.*)

Belle édition des *Grandes Heures* de Simon Vostre. Elle comprend 102 ff. non ch. sign. de A à O par 8 ff., sauf le cahier F qui n'a que 2 ff. et G et O qui ont 6 ff. Les grandes planches sont au nombre de 25, non compris le titre et l'*Homme anatomique*. Elles représentent : *Saint Jean, le Baiser de Judas, la Généalogie de la Vierge, la Salutation angélique, la Visitation, Jésus portant la croix, Jésus en croix, la Nativité, l'Annonciation aux bergers, l'Adoration des bergers, l'Adoration des Mages, la Circoncision, le Massacre des Innocents, la Fuite en Egypte, la Mort de la Vierge, le Couronnement de la Vierge, Urie et David, le Roi David, Résurrection de Lazare, Job, la Trinité*, etc.

Les bordures sont aussi jolies que variées. Celles du calendrier représentent, pour la plupart, des jeux d'enfants, tels que le jeu de la crosse, le colin-maillard, le cheval-fondu, la main-chaude, le jeu de paume, etc. Puis nous voyons : *l'Histoire de Jésus, l'Histoire de Joseph, les Douze Sibilles, les Vertus théologales, l'Histoire de la Vierge et de l'Enfant Jésus, les Figures de l'Apocalypse, Histoire de Suzanne, Parabole de l'Enfant prodigue, les Quinze Signes, la Danse des Morts*, qui comprend 66 vignettes accompagnées de vers en français, *les Triomphes de César, les Miracles de Nostre-Dame*.

Superbe exemplaire réglé, couvert d'une riche reliure dans le style du XVIe siècle.

8. ❡ HORE DIVE VIRGINIS MARIE SCD'M VERUM USUM ROMA||NUM cum aliis multis folio sequenti notatis : characte||ribus suis diligẽtius impresse per Thielmannũ Kerver. || (A la fin :) ... *Impressũ Parisiis anno dñi Millesimo qngẽtesimo primo ad idus Februarias. Opera Tielmanni Kerver...* (1501), in-8, goth. de 104 ff. non ch. fig. sur bois, mar. olive, large dent. à fr. dent. int. tr. dor. (*Thivet.*)

Jolie édition non citée par Brunet et une des premières imprimées par Kerver; elle est ornée de 16 belles planches sur bois, non compris l'*Homme anatomique*, et de bordures finement gravées.

Bel exemplaire sur VÉLIN, avec les initiales peintes en or et en couleur.

9. ❡ HORE DEIPARE VIRGINIS MARIE SECUNDŨ USUM ROMA||NUM | plerisq; biblie figuris atq; chorea lethi circũmu||nite | novisq; effigiebus adornate | ut in septẽ psalmis || peni-

tentialib' | in vigiliis defunctorū | et in horis sctē || crucis | in horis quoq; sctī spūs videre licebit. 1520. || (A la fin :)... *Exarate quidem Parisiis | arte industrii bibliographi Thielmani Kerver. preclare universitatis parisiane librarii jurati in vico sancti Jacobi | ad signum unicornis commorantis. Anno domini Mil.ccccxx. die. xxiiii. mensis novembris.* (1520), in-8 de 132 ff. non ch. car. ronds, fig. sur bois, mar. bleu, fil. tr. dor. et ciselée. (*Rel. anglaise avec armoiries.*)

Rarissime édition, imprimée en rouge et noir et ornée de quarante-sept grandes planches, dont certaines sont des copies de *la Passion* d'Albert Dürer, et de bordures très variées, dans lesquelles il y a de nombreux sujets de la *Danse des Morts*.

Magnifique exemplaire sur VÉLIN, avec les initiales peintes en or et en couleur; il provient de la collection A. Firmin-Didot.

10. ¶ HORE BEATE MARIE VIRGINIS SECUNDŪ USUM ROMANUM totaliter ad longum || sine require cum multis suffragiis et || Orationibus de novo additis. Noviter || impressis Parisius per Germanum || Hardouyn :commorantem inter|| duas || portas Palatii ad intersignium San||cte Margarete. || (A la fin :) *Ces presentes heures sont à lusaige || de Rōme toutes au long sans rien requerir || ont este nouvellemēt imprimes à Pa||ris : par Germain Hardouyn. Impri||meur et libraire: demourāt audict lieu || entre les deux portes du Palais a len||seigne Saincte Marguerite. Et ce || vendent audict lieu.|| S. d.* (*almanach de* 1527 *à* 1541), in-8, goth. de 112 ff. non ch. sign. a-o par 8 ff. bordures et fig. sur bois, mar. brun, dos orné à fers azurés, fil. dent. int. tr. dor. (*Thivet.*)

Belle et rare édition ornée de seize grandes figures et de plusieurs petites. Chaque page est entourée de grandes bordures historiées, à sujets différents de celles des *Heures* de Gillet Hardouyn, et dont quelques-unes se rapprochent de celles des *Heures* de Tory, de 1527. C'est un charmant spécimen de l'art des Hardouyn.

Très bel exemplaire sur VÉLIN, avec toutes les figures peintes en or et en couleur, ainsi que les initiales.

II. SS. PÈRES. — THÉOLOGIENS

11. D. Aurelii Augustini libri XIII Confessionum ad 3 M. SS. exemp. emendati. Opera et studio R. P. H. Sommalii, e Soc. Jesu. *Lugduni, apud Danielem Elzevirium*, 1675, in-12, titre-front. gr. mar. vert, fil. à fr. dent. int. tr. dor. (*Capé.*)

Cette édition des Confessions de saint Augustin, la seule que les Elzevier aient donné de ce livre, est jolie et très recherchée. Elle a été imprimée à Leyde par la veuve et les héritiers de Jean Elzevier. (Willems *Les Elzevier*, n° 1504.)

Bel exemplaire. Hauteur : 134 mill.

12. ☾ Cy commence ung petit traicté intitulé le li‖vre de Larre de l'espouse : compille par ‖ Maistre Hugues de sainct Victor : ‖ *Nouvellement imprime ă Paris :* ‖ *pour Symō Vostre librai‖re : demourant en la rue* ‖ *neusve nostre dame* ‖ *a lenseigne sainct Jehan levā‖geliste.* ‖ (A la fin :) ☾ *Cy fine le livre de Maistre Hugues de* ‖ *sainct Victor. Intitule le trai‖ctée de Larre de Lespou‖se* ‖ *ou de l'ame.* ‖ *S. d.* pet. in-8. goth. de 36 ff. non ch. mar. brun, dos orné, fil. et comp. à fr. fleurons dorés, dent. int. tr. dor. (*Masson-Debonnelle.*)

Bel exemplaire de ce très rare traité, traduit du latin en français par Jean de Saint-Victor. Il porte sur le titre la marque de Simon Vostre, et au verso une grande figure sur bois, *la Glorification de la Vierge.*

13. Divi Bernardi ab‖batis ad sororem modus be‖ne vivendi. ‖ (A la fin :) ☾ *Opus divi Bernardi abbatis ad sororē* ‖ *de modo bene vivēdi feliciter finit. Impressū Pa‖risius sumptibus Johānis Petit librarii cōmorā‖tis in vico divi Jacobi in intersignio Lilii aurei.* ‖ *Anno ab incarnatione dñi Milesimo quengentesi‖mo decimo quarto die vero sexta mensis Martii* (1514) ‖, pet. in-8, goth. de 92 ff. non ch. sign. a-l par 8 et m par 4 ff. cart.

Traité rare, envoyé par saint Bernard à sa sœur, et dont Brunet ne cite que la traduction française, parue en 1520.
Marque de Jehan Petit sur le titre.
Exemplaire presque NON ROGNÉ.

---

14. Stella Clericorum. (A la fin :) *Finit Stella clericorū feliciter.* ‖ *S. l. n. d.* pet. in-4, goth. de 14 ff. non ch. à 2 col. préparé pour la reliure.

La plus ancienne édition donnée par Hain de cet opuscule, non cité par Brunet.
D'après un acrostiche placé au recto du dernier feuillet, on peut voir que l'auteur de ce traité est Antoine Caillaut, libraire et imprimeur à Paris de 1483 à 1505.
Exemplaire réglé avec les initiales en rouge et en bleu.

15. DISPUTATION ENTRE LHOMME ET RAISON. Compose nouvellement à lonneur de la glorieuse Vierge Marie, Mère de Dieu (par Tristan de Lescaigne). *Ou* (sic) *les vend a Paris en la rue Neufve Nostre Dame a lēseigne Sainct Jehan Baptiste pres Saincte Genevieufve des Ardans, par Denys Janot, libraire. S. d.* (*vers* 1530), pet. in-8 de 56 ff. ch. car. ronds, fig. sur bois, mar. r. dos orné à petits fers, fil. tr. dor. (*Rel. anc.*)

Ce petit livre, tout en latin, dont l'auteur est Tristan de Lescaignes, traite des questions les plus singulières : *Querulosa hominis cum Ratione disputatio. Quod Maria est Mater Dei et hominis. De Conceptione singulari virginis Marie*, etc.

Les figures sur bois dont il est orné ont été tirées des Livres d'Heures de l'époque.

Petit raccommodage au dernier f.

16. La Grande ‖ Cõfession ‖ generalle pour scavoir cõgnoistre a tous ‖ bons chrestiens pour soy examiner et conffesser tous ses pechez. *Nouvellement im‖primee a Paris. S. d.* in-8 de 8 ff. car. goth. figure sur bois sur le titre, mar. La Vall. fil. à fr. fleurons dorés sur les plats, dent. int. tr. dor. (*Lortic.*)

Pièce rare du XVIe siècle.
Bel exemplaire de P. Desq.

17. Petit traicte ‖ pour congnoistre la difference des pechez ‖ mortelz et pechez venielz. (A la fin :) *Imprime a Paris pour Jehan bon‖fõs demourant en la rue neufve ‖ nostre dame a lymaige ‖ Sainct Nicolas.* ‖ *S. d.* in-8 de 24 ff. non ch. car. goth. figure sur bois sur le titre, mar. noir, fil. à fr. fleurons dorés, dent. int. tr. dor. (*Chambolle-Duru.*)

Petit livre rare.

18. La Manière de faire testament tres salutaire, composée par religieuse personne Pierre Sutor, docteur en theologie. *On en trouvera en la maison de Regnault Chauldière, s. d.* in-8 de 31 ff. non ch. car. goth. mar. r. dos fleurdelisé, comp. dorés sur les plats, dent. int. tr. dor. (*Lortic.*)

Marque de l'imprimeur sur le titre.
Exemplaire aux armes du comte de Villafranca.

19. Destruction de l'orgueil mondain, ambition des habitz, et autres inventions nouvelles, extraicte de la Saincte escriture et des anciens docteurs de l'Eglise, par M. François Grandin, curé de l'Eglise monsieur S. Jean Baptiste d'Angers. *Paris, Claude Frémy*, 1558, in-8, mar. r. dos et plats ornés de riches comp. à mosaïque de mar. grenat, genre Grolier, dent. int. tr. dor. (*Thibaron; Marius Michel, doreur.*)

Livre rare, contenant entre autres, au fol. 62 un curieux inventaire des ornements de toilette en usage alors chez les dames à la mode. Le volume contient à la fin, sous une pagination suivie, le *Blason des Basquines*, pièce en vers, qui est ici en première édition.

Superbe exemplaire de M. Bancel, grand de marges, couvert d'une riche reliure.

20. Petit Renardeau [de Genève descouvert, prins et battu, en une docte response du R. P. Claude Suffren, Jésuite, faicte dans le Chasteau de Mombrun, en présence des Messieurs de Mombrun, Corsan et autres, publiée par François du Bourg,

dit de Roque-Fort, contre le dict petit Ministre, qui avoit calomnié ce père Jésuite, en la publication des actes falsifiés sur la dispute tenue à Mombrun. *Imprimé en Avignon, avec permission des Supérieurs*, 1614, in-8, mar. noir jans. dent. int. tr. dor. (*Amand.*)

Bel exemplaire de ce livre de polémique.

21. Le Mystère d'Infidélité, commencé par Judas Iscarioth, premier sacramentaire, renouvelé et augmenté d'impudicité, par les hérétiques ses successeurs, et principalement par ceux de ce temps. Par Pompee de Ribemont, S[r] d'Espiney, vicomte d'Aisne, etc. *A Chalons, chez Jullien Baussan, CIↃ.IↃC.XIV.* (1614), gr. in-8 de 8 ff. prél. non ch. et 231 pp. mar. bleu jans. dent. int. tr. dor. (*Cuzin.*)

Volume de toute rareté qui est resté inconnu à Brunet ; c'est une satire extrêmement violente dirigée contre les protestants.
Très bel exemplaire des bibliothèques Auvillain et E. Quentin-Bauchart.

22. Discours particulier contre les femmes de ce temps desbraillees, par Pierre Juvernay, prestre parisien. Seconde édition, reveue et augmentée par l'autheur. *Paris, Claude Preud'homme*, 1637, in-8 de 72 pp. portrait gravé sur cuivre, mar. r. dos orné, fil. dent. int. tr. dor. (*Thibaron-Joly.*)

Livre très rare et curieux. En regard du titre, un beau portrait gravé sur cuivre par Matheus, représentant sainte Marie-Madeleine retirant et repoussant ses objets de toilette.
Bel exemplaire de la vente Chartener.

23. Pensées de M. Pascal sur la Religion et sur quelques autres sujets, qui ont esté trouvées après sa mort parmy ses papiers. *Paris, Desprez*, 1670, in-12, de 41 ff. prél. non ch. 365 pp. et 10 ff. de table, mar. brun jans. doublé de mar. r. large dent. tr. dor. (*Chambolle-Duru.*)

Édition originale.
Bel exemplaire, grand de marges. Hauteur : 157 mill.

24. Traité des Restitutions des Grands, précédé d'une lettre touchant quelques points de la morale chrestienne (par Claude Joly). *S. l.* (*à la Sphère*), 1665, in-12, mar. vert, fil. à froid. dent. int. tr. dor. (*Capé.*)

Première contrefaçon de l'édition elzevirienne parue sous cette date, faite par Foppens de Bruxelles.

25. De l'abus des Nuditez de Gorge (par Jacques Boileau). Seconde édition. *Jouxte la copie imprimée à Bruxelles. A Paris,*

chez J. de Laize-de-Bresche, 1677, in-12, mar. r. dos orné, fil. dent. int. tr. dor. (*Bauzonnet-Trautz.*)

Cette seconde édition est augmentée de l'*Ordonnance de Messieurs les Vicaires généraux de Toulouse contre la nudité des bras, des épaules et de la gorge, et l'indécence des habits des femmes et des filles.*
Bel exemplaire de M. Chartener.

26. Exposition de la doctrine de l'Église catholique sur les matières de controverse, par Messire Jacques-Bénigne Bossuet. *Paris, Mabre-Cramoisy*, 1671, in-12, mar. brun jans. dent. int. tr. dor. (*Chambolle-Duru.*)

Première édition originale livrée au public, de ce célèbre ouvrage.

27. Maximes et Réflexions sur la Comédie, par Mre Jacques-Bénigne Bossuet. *Paris, Anisson*, 1694, in-12, mar. brun foncé jans. dent. int. tr. dor. (*Thibaron.*)

Bel exemplaire de l'Édition originale.

28. Traitez du Libre-Arbitre et de la Concupiscence. Ouvrages posthumes de Messire Jacques-Bénigne Bossuet. *A Paris, chez Barthélémy Alix*, 1731, in-12, mar. brun foncé jans. dent. int. tr. dor. (*Thivet.*)

Edition originale.
Hauteur : 165 mill.

29. Traité de l'amour de Dieu, nécessaire dans le sacrement de la pénitence, suivant la doctrine du Concile de Trente. Ouvrage posthume, composé par Messire Jacques-Bénigne Bossuet... *Paris, Barthélemy Alix*, 1736, in-12, mar. brun jans. dent. int. tr. dor. (*Vve Brany.*)

Edition originale.
Bel exemplaire. Hauteur : 165 mill.

30. De la Connoissance de Dieu et de soi-même, ouvrage posthume de Messire Jacques-Bénigne Bossuet. *Paris, Alix*, 1741, in-12, mar. noir jans. dent. int. tr. dor. (*Cuzin.*)

31. Instruction pastorale de Messire François de Salignac de La Mothe Fénelon. *Lyon, Boudet*, 1698, 2 parties en 1 vol. in-12, v. f. dos orné, fil. tr. dor. (*Belz-Niedrée.*)

Edition originale.
Timbre sur le titre.

32. Démonstration de l'existence de Dieu, tirée de la connoissance de la Nature, et proportionnée à la faible intelligence des plus simples (par Fénelon). *A Paris, chez Jacques Estienne*, 1713, in-12 de 8 ff. prél. non ch. 314 pp. et 11 ff. non ch. mar. La Vall. jans. dent. int. tr. dor. (*Duru et Chambolle.*)

Première édition originale.
Bel exemplaire. Hauteur : 162 mill.

33. Lettres sur divers sujets concernant la Religion et la Métaphysique, par feu Messire François de Salignac de La Motte Fénelon (avec une préface par Ramsay). *Paris, Jacques Estienne*, 1718, in-12, mar. olive jans. dent. int. tr. dor. (*Thibaron-Joly.*)

ÉDITION ORIGINALE, publiée par le marquis de Fenelon, neveu de l'auteur.
Bel exemplaire.

34. Collacio habita in || publico convẽtu clu||niacẽsiũ ordinis sanc||ti benedicti per pre||stantissimũ sacre pa||gine professorem ma||gistrum Joannẽ Rau||lin parisiensem Nũc || vero professum monachum ejusdẽ || monasterii de p || secta religionis plantatione incremento et instau||ratione. ||Carmen saphicum Enee Silvii. || alias pii pape in passionẽ cristi. || (A la fin :) ❡ *Tractatus impressus Parisius per magistrũ || Guidonem Mercatorem commorante in Bel||lovisu anno Domini* 1499, *die decima sexta N|| ovembris*, pet. in-8, goth. de 20 ff. non ch. à longues lignes, fig. sur bois, mar. brun, fil. à fr. dent. int. tr. dor. (*Duru.*)

Petit volume fort curieux, extrêmement rare et non cité par Brunet. Il est orné, au verso du titre, d'une gravure sur bois, représentant Adam et Eve, et, en tête des vers d'Énéas Silvius, d'une autre gravure : *Jésus en Croix*. La dernière page ne porte que la marque de l'imprimeur Guy Marchand.

Avant le texte, se trouve une épître de Sébastien Brant à Christophe de Utenheim, chanoine de Bâle; épître qui donne des renseignements sur l'origine de cet opuscule et sur son auteur, né à Toul, célèbre théologien et prédicateur, directeur du collège de Navarre, et enfin moine benédictin de Cluny. La réputation de Raulin comme prédicateur est égale à celle de Barlette, de Maillard et de Menot. Rabelais fit entrer dans le *Pantagruel* un des contes dont ses sermons sont émaillés.

Magnifique exemplaire, très pur, et presque non rogné; il provient de la bibliothèque A. FIRMIN-DIDOT.

35. Au nom de la tressaincte et indivisible Trinité... ❡ Sensuyt ung petit traicte /ou sont contenues aulcunes instructions ⁊ oraisons tressalutaires a tous chrestiens ⁊ chrestiennes. Compose par frère Charles de Parenti / dict Bournisiam, prebstre hermite / demourant en Bourgogne. *On les vend à Paris, en la rue Sainct Jacques, par Vivant Gautherot*, 1539, in-8, goth. de 12 ff. non ch. fig. sur bois sur le titre, mar. brun jans. dent. int. tr. dor. (*Hardy-Mennil.*)

Bel exemplaire réglé de ce petit livre rare, provenant de la bibliothèque J. RENARD.

36. Sermon presché à l'ouverture de l'Assemblée générale du clergé de France, le 9 novembre 1681, à la messe solennelle du Saint-Esprit, dans l'Église des Grands-Augustins, par Mre Jacques-Benigne Bossuet. *Paris, Léonard*, 1682, in-4 de

74 pp. vignette gravée par Édelinck, mar. r. dos orné, fil. et comp. à la Du Seuil, dent. int. tr. dor. (*Cuzin.*)

Bel exemplaire de l'Edition originale.

37. SERMONS DU PÈRE BOURDALOUE. *Paris, Rigaud, Cailleau*, 1707-1734. 16 vol. in-8, portrait, mar. r. à long grain, dos orné, fil. dent. et coins dorés, doublé de moire violette, tr. dor. (*Bozérian jeune.*)

Très bel exemplaire.

38. Sermons de M. Massillon, évêque de Clermont,.. Petit Carême. *A Paris, chez la Vve Estienne et chez J. Hérissant*, 1745, in-12, mar. r. dos orné, fil. dent. int. tr. dor. (*Hardy.*)

Bel exemplaire de l'Edition originale.
Hauteur : 164 mill.

III. THÉOLOGIE MYSTIQUE.

39. Devotissime Meditati||ones de vita : benefici||is et passiōe salva || toris Jesu Chr̄i || cū gratiarū || actione M. D. X. X (A la fin :) *Ex officina excusoria Sigismūdi Grīm : medicine doctoris : ac Marci Wyrsung : Auguste Vindelico℞. Quinta die Aprilis*, 1520, in-8, car. goth. fig. sur bois, mar. noir, dos orné, fil. à fr. coins ornés, milieu doré et mosaïqué de mar. violet, dent. int. tr. dor. (*Lortic.*)

Livre rare avec titre en rouge et encadrement sur fond noir. — 84 ff. non ch. sign. A à K par 8 ff. et L. par 4 ff. Il est orné de 38 jolies figures sur bois non signées, la plupart avec encadrements variés et d'une belle exécution. Ces belles illustrations sont attribuées à Hans Schaufelein et aussi à Burgkmaier.

Bel exemplaire de la vente A. Firmin-Didot.
Le titre est un peu plus étroit que les autres ff.

40. Thomæ a Kempis de Imitatione Christi libri quatuor. *Lugduni, apud Joh. et Dan. Elsevirios, s. d.* in-12, titre-front. gr. mar. bleu, fleurons dor. sur les plats, dent. int. tr. dor. (*Thivet.*)

Première édition, la plus jolie et la plus recherchée. C'est un des plus beaux spécimens des presses elzeviriennes.
Bel exemplaire. — Hauteur : 127 mill.

41. Les Quatre Livres de l'Imitation de Jésus-Christ, traduits en vers par J. Desmarets. *Paris, Pierre le Petit et Henry Le Gras, s. d.* (1654), in-12, titre gr. fig. mar. bleu, dos orné, fil. dent. int. tr. dor. (*Capé.*)

Première édition de cette traduction. — Titre gravé, 2 ff. pour l'Avertissement, 275 pp. et 4 ff. non ch. pour la Table et le Privilège avec l'Achevé d'imprimer daté du 6 juillet 1654. Figure de Claude Mellan à chaque livre.

42. LE LIVRE INTITULE ETERNELLE CONSOLACION. (A la fin :) *Imprimé par Michel le Noir demourant à Paris*, 1500, in-4 de 88 ff. non ch. car. goth. figure sur bois sur le titre et au verso, lettres ornées, mar. La Vall. jans. dent. int. tr. dor. (*Trautz-Bauzonnet.*)

Édition de toute rareté. Marque de Michel le Noir au verso du dernier f.

Bel exemplaire. Légère restauration au titre et petit trou aux trois premiers ff.

43. SENSUYT LE PROLO || GUE DE CE PRÉSENT || LIVRE INTITULÉ LA FLEUR DE DEVOTION. A || dresse de Cueur ardant à Cueur contem || platif. Et à toutes créatures raisonna || bles aymant Dieu auquel sont contenus les abismes ꝛ incom || prehensibles douleurs et martire spirituel du filz de Dieu... *On les vend à Paris en la rue neufve Nostre Dame à lenseigne de lescu de France* (A la fin : *Cy finist le livre intitu || lé la fleur de dévotion. Extraict de plusieurs beaulx || livres comme dict est cy devant. Corrige || par ung venerable scientificque et an || cien docteur en théologie des || universitez des Paris. Imprimé nouvellement à Paris p Alain Lotrian*... *s. d.* in-4, car. goth. fig. sur bois, lettres ornées, mar. brun. jans. doublé de mar. La Vall. dent. tr. dor. (*Chambolle-Duru.*)

Bel exemplaire d'un livre très rare, non cité par Brunet, et orné de nombreuses et curieuses figures sur bois.

44. SENSUYT LE GRĀT ORDINAIRE DES CHRESTIENS : q̄ enseigne a chascun bō chrestien et crestiēne la voye et le chemī de aller en paradis : et declaire la joye et felicite des sauvez : Et pareillement la miserable peine et tourmēt ppetuel des dāpnez. *Imprimé nouvellemēt*, (A la fin :) *Cy finist lordinaire des chrestiens. Nouvellement imprimé à Paris par Jehan Trepperel, imprimeur et libraire : demourant en la rue neufve Nostre Dame à lenseigne de lescu de Frāce*, *s. d.* in-4, à 2 col. titre avec encadr. gr. sur bois, car. goth. fig. sur bois, mar. r. dos orné, fil. tr. dor. (*Thompson.*)

Livre rare.

Bel exemplaire, avec de nombreux témoins, provenant de la vente RENARD.

45. La Vierge sacrée. || Le tresdevot ꝛ tressusbtancieux livre est in || titule la vierge sacree : ꝛ est tres utile, et || pffitable à vertueuses religieuses pour || ce que en iceluy est déclarée et demō || stree la tresnoble excellence, la ge || nerosite ꝛ pmi-

nece de la pure‖vierge laq̄lle est aornée d'hu‖milité et parée de fleurs ‖ de toute vertu ⁊ perfectiõ.‖Lequel a esté cõpose‖par sciētifiq̄ do‖cteur en théo‖logie mai‖stre Ge‖orges‖de‖Escla‖vonie cha‖noine ⁊ peni‖tecier de Tours. ‖*Le quel livre a esté ‖ nouvellement imprimé ‖ pour Simõ Vostre libraire ‖ demourant à Paris : en la rue ‖ neusve Nostre Dame, a lenseigne ‖ de monseigneur sainct Jehan levangéliste* ‖ *S. d.* in-8, goth. de 60 ff. non ch. sig. a-g par 8 et h par 4 ff. mar. r. fil. et comp. à fr. chiffre de Simon Vostre aux angles des plats, dent. int. tr. dor. (*Capé.*)

Livre fort rare, orné d'une grande figure sur bois, au verso du titre, représentant l'*Annonciation à la Vierge*. C'est le même ouvrage sous un titre différent que *le Chasteau de Virginité*, de Georges d'Esclavonie, publié par Antoine Vérard en 1505.

Cette édition est restée inconnue à Brunet ; elle porte au bas du dernier la marque de Simon Vostre.

Exemplaire réglé.

46. ℭ Le Dialogue de consolation entre l'ame ‖ et raison. Faict et compose par ung religieux ‖ de la reformation de l'ordre de fõtevrault et ‖ *Nouvellemēt imprime pour Symon Vostre* ‖ *libraire demourāt en la rue neusve de nostre* ‖ *dame de Paris a lymaige Sainct Jehan le*‖*vangeliste.* ‖ (Au v° de l'avant dernier f. :) ℭ *Ce fut fait lan de grace mil quattre cens quat* ‖ *tre vings et dix neuf* (1499) ‖, in-8, goth. de 151 ff. non ch. mar. vert, dos orné, fil. dent. int. tr. dor. (*Chambolle-Duru.*)

La plus ancienne édition connue de ce très rare ouvrage écrit par François Le Roy. Elle porte sur le titre et au verso du dernier feuillet la marque de Simon Vostre.

47. Ortulus Rosarum de ‖ valle lachrimarum. ‖ *Pour Claude Jaumar li* ‖ *braire demourant à Paris* ‖ *en la rue Saint Jaques a léseigne Saint Claude.* ‖ *S. d.* (1494), in-16, goth. de 24 ff. sans ch. récl. ni sign. fig. sur bois, tr. dor. préparé pour la reliure.

Petit livre mystique, divisé en 18 chapitres et plein d'excellentes maximes pour la conduite de l'âme. Il est fort rare et très recherché, et cette édition est une des plus anciennes connues.

Ce traité est orné de 9 grandes figures et d'une vignette gravées sur bois.

48. Le Jardin des Roses de la Vallée des Larmes, traduit du latin par J. Chenu, *Paris, Panckoucke*, 1850, in-12, papier de Hollande, mar. r. jans. dent. int. tête dor. ébarbé. (*Thivet.*)

Jolie édition de ce petit livre mystique, qui est une traduction de l'*Hortulus rosarum* qui précède ; elle a été tirée à petit nombre.

49. ❧ Le Livre de consolations contre ‖ toutes tribulations. ‖ ℭ On les vent en rue Mercière près nostre dame ‖ de Cõfort

en la maison de feu Barnabe Chaussard. || (A la fin, au haut du f° Liii :) ℭ *Cy finist le livre des consolations contre toutes tri || bulations. Imprime à Lyon. L'an mil cinq cens || trante et deux, le xiii. jour de Juing en || la maison de feu Barnabe || Chaussard en rue || Mercière* || (1532), in-4, goth. de 44 ff. non ch. à longues lignes sign. A-L par 4 ff. 2 fig. sur bois, lettres ornées, mar. vert à long grain, fil. à fr. dent. int. tr. dor. (*Koehler.*)

Bel exemplaire de ce rare volume: il provient des collections Veinant et P. Desq.

50. Un petit traicte appelle larmeure de patience en adversite tresconsolatif pour ceulx qui sont en tribulatiõ : auql sont bien au long declairez plusieurs grans prouffitz qui sont ꝛ se trouvent en tribulations et adversitez patiamment endurees. (A la fin :) *Imprimé a Paris par Yolant bonhomme demourant à la rue Sainct Jacques a lenseigne de la Licorne.* 1530, in-8 de 44 ff. car. goth. fig. sur bois, mar. brun jans. dent. int. tr. dor. (*Duru.*)

Première édition de ce petit volume rare. Marque de Thielman Kerver sur le titre.
Exemplaire réglé, de A. Veinant et J. Renard.

51. Tressingulier de || vot ꝛ salutaire traicte | intitule || la marchandise spirituelle or || donnée ꝛ distinguée en sept Re- || giōs spirituelles | selon les sept jours de la || sepmaine. Et est ladicte marchādise tresu || tille ꝛ nécessaire à tous marchās ꝛ marchā || des. Et generallemēt à tous bons chrestiēs || et chrestiennes qui désirent de gaigner le royaulme de Paradis. || ℭ *On les vend à Lyon par Olivier Arnoullet, près Nōstre Dame de Cōfort.* || *S. d.* pet. in-8, goth. de 104 ff. non ch. sign. a-n par 8, titre r. et noir avec vign. sur bois, figure au dernier f. mar. vert, dos orné, fil. et comp. dent. int. tr. dor. (*Lortic.*)

Bel exemplaire d'un petit livre rare et curieux; il provient de la bibliothèque Chedeau.

52. Horologium devotio || nis circa vitam Christi. || (A la fin :) *Explicit horologiū devotionis* || *S. l. n. d.* in-8, goth. de 65 ff. non ch. et 1 f. blanc, fig. sur bois, mar. brun, dos orné, fil. dorés, comp. à fr. fil. int. tr. dor. (*W. Pratt.*)

Édition très rare, qui passe pour avoir été imprimée à Cologne à la fin du xve siècle. Cet ouvrage est d'un frère prêcheur nommé Berthold.
Bel exemplaire, avec le dernier feuillet blanc, qui manque toujours.

53. Horologium devotiōis || circa vitam christi. (A la fin :) *Venales habentur sub collegio trigueti. Per || Johannē Gourmont de Sācto Germano de Varreville || artis impressorie Parisiis magistrum.*

S. d. in-8 de 52 ff. non ch. car. goth. fig. sur bois, mar. bleu, fil. à fr. dent. int. tr. dor. (*Capé.*)

Édition rare non citée, donnée par *Jehan de Gourmont* (1507-1520), mais portant sur le titre la marque de *Robert de Gourmont* (1498-1518). Elle est ornée de 12 vignettes gravées sur bois.

54. Les Quinze effu‖sions du sang de nostre Sauveur ‖ et redempteur Jesuchrist, en ‖ la fin desquelles sont ad ‖ ioustez les douze ven ‖ dredis blancs. ‖ *Nouvellement imprimées à Paris.* ‖ M. D. LXXVII (1577), in-8 de 16 ff. non ch. car. goth. fig. sur bois, mar. noir, fil. à fr. dent. int. tr. dor. (*Bauzonnet-Trautz.*)

Livre rare, imprimé en gros caractères gothiques et orné de 15 vignettes gravées sur bois portant le monogramme I. L. B. et la croix de Lorraine, marques de Geoffroy Tory.

Bel exemplaire de YEMENIZ.

55. Mystères de la vie, passion et mort de Jesus-Christ, Nostre Seigneur, reduicts en devotes meditations et aspirations, par P. Jean Bourgoys. Enrichies de figures par Boetius à Holswert. *Anvers, Oertssens*, 1622, fort vol. in-8, titre-front. gr. et nombreuses fig. mar. bleu, jans. dent. int. tr. dor. (*Thivet.*)

Volume recherché à cause des belles figures dont il est orné.

56. Dialogues posthumes du sieur de La Bruyère sur le quiétisme. *Paris, Osmont*, 1699, in-12, mar. r. dos orné, fil. dent int. tr. dor. (*Chambolle-Duru.*)

ÉDITION ORIGINALE.

57. La Pratique spirituelle de la devote & religieuse princesse de Parme, fort utile à toutes dames pour vivre chrestiennement. Avecq briefves oraisons pour dire tout le loing du jour et la manière de se bien confesser. *A Douay, chez Jean Bogart*, 1617, in-8 de 24 ff. non ch. car. goth. fig. sur bois, mar. bleu, dos orné, fil. et comp. dent. int. tr. dor. (*Lortic.*)

D'après le *Supplément au Manuel*, cet ouvrage est imité d'un traité de saint Charles Borromée et traduit en français par Pierre Frizon, chanoine de Reims.

Bel exemplaire aux armes du comte de VILLAFRANCA.

58. Elévations à Dieu sur tous les mystères de la religion chrétienne. Ouvrage posthume de Messire Jacques-Bénigne Bossuet. *Paris, Jean Mariette*, 1727, 2 vol. in-12, mar. brun foncé jans. dent. int. tr. dor. (*Thibaron-Joly.*)

Bel exemplaire de l'ÉDITION ORIGINALE.

59. Réflexions sur la miséricorde de Dieu, par une dame pénitente (la duchesse de La Vallière). Nouvelle édition augmentée. *Paris, Dezallier*, 1712, in-12, bas. ant.

Cette édition contient un abrégé de la Vie pénitente de l'auteur qui ne se trouve pas dans celles qui l'ont précédée.

60. Le Chape‖let damo' spi‖rituelles faict ‖ et composé par tres excel‖lente personne frere pe‖llerin de Vermendoys ‖ natif d' la ville de Dyiô ‖ docteur en saĩcte theo‖logie religieux d'lordre ‖ de Clugny et prieur de ‖ Nostre-Dame de Mons. ‖ (A la fin :) *Explicit le cha‖pelet damours spirituelles.* ‖ *Nouvellement imprimé à* ‖ *Paris, s. d.* in-8 de 16 ff. non ch. car. goth. fig. sur bois sur le titre et au verso du dernier f. mar. r. fil. à froid, tr. dor. (*Thompson.*)

Edition non citée de ce petit livre mystique ; la dédicace est datée de 1526. Exemplaire réglé.

61. LE MANUEL DES DAMES. ‖ (A la fin :) ☾ *Cy fine le manuel des dames composé par ung jeune celestin à la louenge de dieu et au prouffit de celles a qui sadresse le present escript. Imprime à Paris, pour Anthoine Vérard marchãt libraire demourant à Paris... S. d.* in-8, goth. de 112 ff. non ch. à longues lignes, sign. A-O par 8 ff. fig. mar. bleu foncé jans. dent. int. tr. dor. (*Chambolle-Duru.*)

Livre fort rare, orné de nombreuses initiales et de jolies figures gravées sur bois.

Bel exemplaire, portant au verso du titre la mention suivante, d'une écriture de l'époque : *Lusage de se livre est à seur Anthoinete Gaitère, de par la bone mere et metresse seur Glaude de Sainct-Martin que jamès noubliraі.*

62. ☾ Cy commence une petite in‖structiõ ⁊ manière de vivre pour ‖ une femme séculière : comme elle ‖ se doit conduire en pensées ‖ parol‖les ⁊ œuvres tout au long du ‖ jour pour tous les jours de sa ‖ vie pour plaire à nostre Seigneur ‖ ⁊ amasser richesses célestes au ‖ proffit ⁊ salut de son âme. *Imprimé à Troyes* ‖ *par Jean du Ruau.* ‖ *s. d.* in-8, goth. de 24 ff. non ch. sign. A-C par 8 ff. titre avec encadr. gr. sur bois, vign. mar. bleu foncé jans. dent. int. tr. dor. (*Coverly.*)

Edition fort rare d'un livre ascétique, attribué à Lyon Jamet, seigneur de Chambrun et secrétaire de Mme Renée de France. Cet auteur, ami de Marot, naquit à Sanzay, petite ville du Haut-Poitou, près de Lusignan, à la fin du xve siècle et mourut vers 1561.

Deux légers raccommodages aux marges.

63. Traité du Ministère des pasteurs, par M. l'abbé de Fénelon. *Paris, Ambouin*, 1688, in-12, mar. bleu, fil. à fr. dent. int. tr. dor. (*Duru.*)

EDITION ORIGINALE.

Bel exemplaire.

JURISPRUDENCE

64. Tractatus judiciorum. ‖ Processus Sathane cotra gen' humanū. ‖ (A la fin :) *Impressū Parisius pro Dionysio Rosse.* ‖ *Liber feliciter explicit* ‖ *s. d.* in-8 de 23 ff. non ch. car. goth. mar. vert, dos orné, fil. dent. int. tête dor. ébarbé. (*Niedrée.*)

Edition, imprimée par Jehan Petit à la fin du xve siècle, de ce traité singulier de Bartolus de Saxo Ferrato. Cet opuscule est curieux pour les formes judiciaires en usage à l'époque.
Marque de Jehan Petit sur le titre.

65. Ordōnance du Roy nostre Sire, sur la reformation des habillemens de draps d'or et de soye, avec la déclaration faicte par ledict seigneur, sur ladicte ordōnāce, ensemble l'arrest de la Court, publié à Paris le vendredy xxiij. jour de may 1550. *A Paris, on les vend au Palais, en la boutique de Jehan André*, 1550, in-8 de 8 ff. non ch. mar. r. fil. à fr. dent. int. tr. dor. (*Duru.*)

Bel exemplaire de cette pièce curieuse et fort rare.

66. Arrêts et Edits rendus sous Charles IX et Henri III. — Réunion de 4 pièces in-12, tr. dor. dérel.

Arrest de la Court de Parlement, prohibant à toutes gens des faulxbourgs de Paris de loger estrangers, et enjoignant aux Hosteliers de la ville et autres logeās, de faire tous les jours registre des noms, surnoms, et qualitez de leurs hostes, et le porter au Commissaire du quartier. *Paris, Jean Dallier, s. d.* (1563); 8 pp.
Edict du Roy (Charles IX) pour contenir les serviteurs et servantes en leurs devoirs. *Paris, Robert Estienne*, 1565, 8 pp.
Lettres du Roy (Charles IX), par lesquelles il enjoint à tous capitaines, lieutenans et autres et aussi à tous vagabonds de desloger de la ville de Paris dedans vingt-quatre heures après la publication de ces présentes. *Paris, Robert Estienne*, 1566, 8 pp.
Les Defenses de par le Roy (Henri III) à toutes personnes de jurer, maugréer, blasphémer, renier et faire autres vilains sermens contre l'honneur de Dieu : sur les peines y contenues. *Paris, Frédéric Morel*, 1575, 6 pp.
Pièces rares et curieuses.

67. Arrêts et Édits du Roi et du Parlement sur l'imprimerie et sur les livres, au xvie siècle. — Réunion de 7 pièces in-12, tr. dor. préparées pour la reliure, et 1 pièce cart. demi-toile.

Arrest de la Court de Parlement contenant défences d'imprimer ne vendre certains livres défenduz : en outre d'imprimer nuls autres livres, sans la permission du Roy (Charles IX) ou de ladicte Court. *Paris, Dallier*, 1565 ; 3 ff.

Arrest de la court de Parlement portant défenses à tous imprimeurs, libraires et colporteurs, d'imprimer ne vendre livres sans estre reveuz, et ausquels ne soit insérée la permission, sur peine de hard : et à toutes personnes ne les acheter, sur peine de cent escuz d'amende. *Paris, Dallier*, 1566; 4 ff.

Edict du Roy (Charles IX) sur la réformation de l'Imprimerie. *Paris, Morel*, 1571; 8 ff.

Letttres patentes du Roy (Henri III) sur le règlement de l'Imprimerie. *Paris, Morel*, 1586; 4 ff.

Lettres patentes du Roy (Henri IV), pour la confirmation des privilèges octroyez par ses prédécesseurs Roys aux recteurs, docteurs, maistres supposts, marchands libraires, imprimeurs et relieurs de l'Université de Paris. *Paris, Morel*, 1595; 8 pp.

Lettres patentes du Roy (Charles IX), pour la surseance de l'exécution de l'Edict du subside imposé sur le papier. *Paris, Robert Estienne*, 1565; 4 ff.

Arrest de la Court de Parlement, touchant le faict et estat des imprimeurs et libraires et contre les livres contenantz doctrines nouvelles et hérétiques. *Paris, Nyverd*, 1562.

Pièces rares et curieuses.

68. Arrest de la Cour de Parlement, du 2 janvier 1615, touchant la souveraineté du Roy au temporel, et contre la pernicieuse doctrine d'attenter aux personnes sacrées des Roys. *A Angers, chez Anthoyne Hernault*, 1615, pet. in-8 de 6 pp. et 1 f. blanc, mar. vert, fil. à fr. dent. int. tr. dor. (*Trautz-Bauzonnet.*)

Rare.

69. Le Prothocolle ou || Formulaire stille et art des notaires royaulx || tabellion greffiers sergens. Et aultres per || sonnes publicques et praticiens. Des cours || layes mesmement des notaires du Chastelet || de Paris... Avec le Guidon des notaires secrétaires. Conte||nant la manière de escripre et adresser toutes lettres || missives... *Nouvelle||ment imprimé à Paris. On les vend à Paris en la rue neufve || Nostre Dame a lenseigne* Sainct-Nicolas ||. (A la fin :) *Cy finist le prothocolle pour faire deman||des de toutes actiõs selon le stille du chastel||let nouvellement imprimé à Paris.* || *s. d.* in-8 de 152 ff. ch. car. goth. mar. r. comp. dor. et à fr. dent. int. tr. dor. (*Capé.*)

Édition non citée.

SCIENCES

I. SCIENCES PHILOSOPHIQUES

70. Boethii, de Consolatione Philosophicæ libri quinque. Recensuit, emendavit, edidit, Johan. Eremita. *Parisiis, Lamy*, 1783, pet. in-12, pap. de Holl. front. mar. r. fil. dent. int. tête dor. ébarbé. (*Kœhler.*)

Bel exemplaire, presque NON ROGNÉ.

71. Réflexions ou Sentences et Maximes morales. Cinquième édition, augmentée de plus de cent nouvelles maximes. (Par de la Rochefoucauld). *Paris, Barbin*, 1678, in-12 de 4 ff. prél. non ch. 195 pp. et 6 ff. non ch. pour la table, v. ant. gran.

CINQUIÈME ÉDITION ORIGINALE, très rare. Elle présente le texte définitif et le plus complet qui a été suivi par les divers éditeurs de La Rochefoucauld.

Exemplaire d'une remarquable conservation provenant de la Bibliothèque du DUC DE VALENTINOIS.

72. Les Caractères de Théophraste, traduits du grec, avec les Caractères ou les Mœurs de ce siècle (par La Bruyère). Neuvième édition. *Paris, Michallet, M. DC. CXVI* (*pour* 1696), in-12, mar. brun jans. dent. int. tr. dor. (*Cuzin.*)

Dernière édition parue du vivant de La Bruyère, et revue par lui.

73. CY COMMENCE UNG PETIT LIVRE INTITULÉ CHAPELLET DE VERTUS auquel est traictie de leffect de plusieurs vertus et des vices cõtraires a ycelles. En allegant a propos les ditz moraulx de plusieurs saintz et de aulcũs philosophes. Et plusieurs exẽples contenues es hystoires anciennes. (A la fin :) *Cy finit le romant de prudence. Imprimé à Lyon, par M. G. le Roy, s. d.* in-fol. de 32 ff. non ch. dont le dernier est blanc, car. goth. fig. sur bois, mar. r. dos orné, fil. et comp. à la Du Seuil, dent. int. tr. dor. (*Bauzonnet.*)

Belle édition de toute rareté, imprimée vers 1480. Elle est conforme à la description donnée dans le *Manuel du libraire*.

Bel exemplaire de la Bibliothèque HEBER.

74. Les Devoirs des Grands, par Monseigneur le prince de Conty. Avec son Testament. *A Paris, chez Denys Thierry*,

1666, pet. in-8 de 6 ff. prél. et 140 pp. mar. grenat jans. dent. int. tr. dor. (*Vve Brany.*)

Bel exemplaire de l'ÉDITION ORIGINALE, rare.

75. Les Devoirs des maistres et des domestiques, par Me Claude Fleury. *Paris, Aubouin*, 1688, in-12, mar. r. jans. dent. int. tr. dor. (*Thivet.*)

ÉDITION ORIGINALE.

76. Éducation des filles par M. l'abbé de Fénelon. *Paris, Aubouin*, 1687, in-12, mar. r. jans. dent. int. tr. dor. (*Allo.*)

ÉDITION ORIGINALE.
Bel exemplaire.

77. LA DESCRIPTION DE L'ISLE D'UTOPIE ou est comprins le Miroer des républicques du monde, et l'exemplaire de vie heureuse : rédigé par escript en stille tres elegant de Thomas Morus. Avec l'espistre liminaire composé par M. Budé. *Les semblables sont à vendre au Palais à Paris en la bouticque de Charles l'Angelier*, 1550, in-8, fig. sur bois, mar. bleu, dos orné, fil. dent. int. tr. dor. (*Trautz-Bauzonnet.*)

PREMIÈRE ÉDITION, rare, de cette traduction faite par Jehan Le Blond.
Bel exemplaire.

78. L'Utopie de Thomas Morus, chancelier d'Angleterre, traduicte par Samuel Sorbière. *A Amsterdam, chez Jean Blaeu*, 1643, in-12, titre-front. gr. mar. f. dos orné, fil. dent. int. tr. dor. (*Thibaron-Joly.*)

Bel exemplaire de cette jolie édition.

79. La Philosophie Royale du jeu des eschets pour Monseigneur le Daufin et autres œuvres meslées, par G. Du Peyrat, ausmonier ordinaire de Sa Majesté. *Paris, Mettayer*, 1608, in-8, réglé, v. ant. rac.

II. SCIENCES MÉDICALES ET MATHÉMATIQUES

80. Dialogue de la Vie et de la Mort, composé en toscan par Maistre Innocent Ringhier, gentilhomme Boulongnois. Nouvellement traduit en francoys par Jehan Louveau, lecteur de Chastillon de Dombes (natif d'Orléans). *A Lyon, de l'Imprimerie de Robert Granjon*, 1557, in-8 de 80 ff. non ch. mar. r. dos orné, fil. dent. int. tr. dor. (*Thomas.*)

ÉDITION ORIGINALE de cette traduction du livre de Rhinghier, dont le texte italien avait déjà paru à Bologne en 1550. Ce volume est imprimé en caractères cursifs dits *de civilité* de l'invention de Robert Granjon, de Lyon, qui en fit la première application à l'impression de ce petit livre. Il les nomme dans sa préface *lettres françaises d'art et de main.*

Bel exemplaire, réglé, de la bibliothèque J. Renard.

81. Des Natures et Complexions des hommes, et d'une chacune partie d'iceux, et aussi des signes par lesquels on peut discerner la diversité d'icelles. Œuvre très utile aux chirurgiens et à ceux qui désirent scavoir leur nature et complexion, par M. Jaques Aubert Vandomois, médecin. *Paris, Vefve Pierre du Pré*, 1572, in-12, mar. r. fleurons dorés sur les plats, tr. dor. (*Capé.*)

82. Platine en françoys très utile ꝛ nécessaire pour le corps humain qui traite de hôneste volupte et de toutes viandes et choses que lôme menge, quelles vertus ont et en quoy nuysent ou prouffitēt au corps humain et cōment se doyvent apprester ou appareiller et de faire à chacune dicelles viandes soit chair ou poysson sa propre saulce ꝛ des propriétés ꝛ vertus que ont les dites viandes... (A la fin :) *Cy finist Platine leq̄l a este trāslate de latin en frācoys ꝛ augmente copieusemēt de plusieurs docteurs principalemēt p messire Desclier Xp̄ol prieur de Saīt Maurice pres Mōtpellier. Et imprime a Lyon par Frāçoys Fradin, lan* 1505, in-fol. à 2 col. car. goth. lettres ornées, mar. bleu, fil. à fr. doublé de mar. citron, large dent. tr. dor. (*Koehler*).

Première édition rare de cette traduction.
Bel exemplaire.

83. Conseil très-utile contre la Famine et remèdes d'icelle. Item Regime de santé pour les povres, facile à tenir. *A Paris, chez Jaques Gazeau*, 1546, gr. in-16 de 52 ff. car. ital. mar. bleu fil. à fr. dent. int. tr. dor. (*Capé.*)

Curieux et rare opuscule.
Bel exemplaire, grand de marges.

84. Chocolata Inda. Opusculum de qualitate et naturâ chocolatæ, authore Antonio Colmenero de Ledesma. Hispanico antehac idiomate editum : nunc vero curante Marco Aurelio Severino Tarsensi, in latinum translatum. *Norimbergæ, typis Wolfgangi Enderi, anno* 1644, pet. in-12, front. sur cuivre, mar. r. dos orné, fil. dent. int. (*Amand.*)

Curieux petit volume qui s'annexe à la collection elzevirienne
Bel exemplaire non rogné, aux armes du comte de Lagondie.
Hauteur : 138 mill.

85. Traitez nouveaux et curieux du Café, du Thé et du Chocolate, ouvrage également nécessaire aux médecins et à tous

ceux qui aiment leur santé, par Philippe Sylvestre Dufour. A quoy on a adjouté dans cette édition la meilleure de toutes les méthodes, qui manquoit à ce Livre, pour composer l'excellent Chocolate, par M. Saint-Didier. Troisième édition. *La Haye, Adrian Moetjens*, 1693, in-12, front. et fig. mar. grenat jans, dent. int. tr. dor. (*Brany.*)

86. La Decoration dhumaine nature et aornement des Dames, Compile et extraict des tres excellẽs docteurs et plus expers medecins tant anciens que modernes par Maistre André le Fournier. Nouvellement imprime et non veu par cy devant. *On les vend à Paris par Jehan Sainct Denys ꝛ Jehan Longis. M. D. XXX.* (A la fin :) *Nouvellement imprimé à Paris par Pierre le Ber. Et fut achevé le XVIII du moys doctobre* 1530, in-8, car. goth. fig. sur bois, mar. brun. jans. dent. int. tr. dor. (*Hardy-Mennil.*)

Première édition de ce livre rare.
Raccommodage au dernier f.

---

87. Kalendrier Gregorien perpetuel, traduit de latin en françois par D. Gosselin, garde de la Librairie du Roy. *Paris, Pierre le Voirrier*, 1584, in-4, cart.

III. PHILOSOPHIE OCCULTE, ASTROLOGIE

88. Traité de l'apparition des Esprits, a sçavoir des âmes separees, fantosmes, prodiges et autres accidents merveilleux, qui precedent quelquefois la mort des grands personnages, ou signifient changement de la chose publique, par F. N. Taillepied. *Paris, Corrozet*, 1627, in-12, mar. r. dos orné, fil. dent. int. tr. dor. (*Hardy.*)

89. Déclamation contre l'erreur exécrable des maléficiers, sorciers, enchanteurs, magiciens, devins et semblables observateurs des superstitions; lesquelz pullulent maintenant couvertement en France : à ce que recherche et punition d'iceux soit faicte, sur peine de rentrer en plus grands troubles que jamais... Par F. Pierre Nodé, Minime... *A Paris, chez Jean du Carroy*, 1578, in-8 de 10 ff. prél. non ch. 78 pp. et 1 f. pour l'approbation, mar. r. jans. dent. int. tr. dor. (*Darlaud.*)

Ouvrage curieux et fort rare.
Bel exemplaire, bien conserve.

90. Le grant kalēdier ‖ et compost des ber‖giers compose par le bergier de la ‖ grant montaigne. Auquel sont ad‖joustez plusieurs nouvelles figures et tables les‖quelles sont bien utilles a toutes gens ainsi que ‖ vous pourres veoir cy apres en ce present livre. ‖ (A la fin :)... *Nouvellement imprimé à Paris par la vevsve feu Jehan Trepperel et Jehan Jehannot, imprimeur et libraire juré en luniversité de Paris. Demourant en la rue neusve nostre dame a lenseigne de lescu de France. s. d.* (1516), in-4, goth. de 88 ff. non ch. à 2 col. fig. sur bois, mar. orange, fil. dent. int. tr. dor. (*Bauzonnet.*)

Edition rare de ce livre fort curieux orné d'un grand nombre de figures sur bois, quelques-unes très bizarres. Le titre est imprimé en rouge et noir et porte une grande figure, répétée sur le dernier feuillet, représentant des bergers aux champs.

Bel exemplaire des bibliothèques Yemeniz et J. Renard.

91. Almanach, ou Prognostication des Laboureurs, réduite selon le Kalendrier grégorien. Avec quelques observations particulières sur l'année 1588, de si longtemps menacée. Par Jean Vostet, Breton. *A Paris, chez Jean Richer*, 1588, in-8 de 40 ff. demi-rel. chag. vert, dos orné.

Exemplaire de Yemeniz.

BEAUX-ARTS

I. DIVERS

92. Champfleury. Auquel est contenu l'Art et Science de la deue et vraye Proportiõ des Lettres attiques, quõ dit autremẽt Lettres antiques et vulgairement Lettres romaines proportionnees selon le corps et visage humain. *Ce livre... est a vendre à Paris sur Petit Pont à l'enseigne du Pot Casse par Maitre Geofroy Tory de Bourges, libraire et Autheur du dict Livre. Et par Giles Gourmont aussi libraire.* (A la fin :)... *Fut acheve dimprimer le mercredy XXVIII jour du mois dapril lan* 1529, in-4, fig. sur bois, mar. r., dos orné, fil. et comp. dor. dent. int. tr. dor. (*Chambolle-Duru.*)

Bel exemplaire de la première édition.

Légère restauration à quelques ff.

Grammaire des Arts du Dessin, Architecture, Sculpture, Peinture... par M. Charles Blanc. *Paris, Renouard*, 1867, gr. in-8, pap. vél. fig. br.

94. Grammaire des Arts décoratifs, Décoration intérieure de la maison... par M. Charles Blanc. *Paris, Renouard*, 1882, gr. in-8, fig. et pl. en chromolithog. br.

Un des 40 exemplaires sur PAPIER DE HOLLANDE.

95. Histoire de la Gravure en Italie, en Espagne, en Allemagne, dans les Pays-Bas, en Angleterre et en France, suivie d'indications pour former une Collection d'Estampes, par Georges Duplessis. Contenant 73 reproductions de gravures anciennes exécutées pour la plupart par le procédé de M. Armand Durand. *Paris, Hachette*, 1880, gr. in-8, fig. dans le texte et hors texte, en feuilles dans un carton.

Un des 20 exemplaires sur PAPIER DE CHINE.

96. Beaux-Arts. — Réunion de 4 vol. in-8, fig. dont 3 br. et 1 en demi-rel. mar. r. dos orné, fil. tête dor. non rog.

Charles Blanc. L'Art dans la Parure et dans le Vêtement. *Paris*, 1875. — Bonnaffé : Les Collectionneurs de l'Ancienne Rome. (*Ex. sur grand papier vélin*); Les Collectionneurs de l'Ancienne France. *Paris*, 1867 et 1873. — Lecoy de la Marche. Les Manuscrits et la Miniature. *Paris, s. d.*

II. LIVRES A FIGURES. — RECUEILS DE GRAVURES

97. Bible des Pauvres. Reproduite en fac-similé sur l'exemplaire de la Bibliothèque Nationale par Adam Pilinski. Précédée d'une notice par Gustave Pawlowski, *Paris, Pilinski*, 1883, in-4, 40 pl. sur papier ancien, cart. non rog.

Reproduction tirée à 100 exemplaires.

98. ICONES HISTORIARUM VETERIS TESTAMENTI, ad vivum expressæ, extremaque diligentia emendatiores factæ, Gallicis in expositione homœotelentis, ac versuum ordinibus (qui priùs turbati, ac impares) suo numero restitutis. *Lugduni, apud Joannem Frellonium*, 1547, in-4, fig. sur bois, mar. brun foncé jans. dent. int. tr. dor. (*Thivet.*)

Ouvrage recherché à cause des 94 figures d'Hans Holbein dont il est orné, en outre des portraits des quatre évangélistes qui se trouvent au verso de l'avant-dernier feuillet.

Cette édition est la PREMIÈRE complète.

99. QUADRINS HISTORIQUES DE LA BIBLE (par Claude Paradin). *Lyon, Jean de Tournes*, 1553. — Quadrins historiques d'Exode. *Lyon, Jean de Tournes*, 1553. — Les Figures du Nouveau Testament. *Lyon, Jean de Tournes*, 1554. — Ens. 3 parties en 1 vol. in-8, vign. gr. sur bois, mar. r. jans. doublé de mar. bleu, large dent. tr. dor. (*Motte.*)

PREMIÈRES ÉDITIONS de ces trois parties.

Les *Quadrins historiques* ont 44 ff. non ch. sign. A à E par 8 ff. et F par 4 ff. avec 74 vignettes gravées sur bois par Bernard Salomon dit le *Petit-Bernard*. — *L'Exode*, suivie des autres parties de l'Ancien Testament, comprend 164 ff. non ch. sign. A à K par 8 ff, et est ornée de 125 vignettes. — Les figures du Nouveau Testament, 52 ff. non ch. sign. A à F par 8 ff. et G par 4 ff. avec 95 vignettes.

Les vignettes de *l'Apocalypse* sont tirées SANS LE TEXTE.

100. Cantica Canticorum. Reproduit en fac-similé sur l'exemplaire de la Bibliothèque Nationale par Adam Pilinski. Précédé d'une notice par Gustave Pawlowski. *Paris, Pilinski*, 1883, in-4, 16 pl. sur papier ancien, cart. non rog.

Reproduction tirée à 100 exemplaires.

101. Speculum Humanæ Salvationis : le plus ancien monument de la xylographie et de la typographie réunies. Reproduit en fac-similé, avec introduction historique et bibliographique par J.-Ph. Berjeau. *Londres, C.-J. Stewart*, 1861, gr. in-4, lxxij-33. pp. de texte, 64 pl. avec fig. sur bois, sur papier ancien, cart. perc. brune, non rog.

102. Memorabiles evangelistarum figuræ. (A la fin :)... *Ista tibi Tohmas Phorcēsis cōgnomento Anshelmi*... 1502, in-4, car. ronds, fig. sur bois, mar. grenat, comp. à fr. sur les plats, dent. int. tr. dor. (*Thivet.*)

Livre singulier de toute rareté copié sur *l'Ars Memorandi*. Il comprend 18 ff. non ch. sign. A-C par 6 ff. dont le dernier est blanc et est orné de 15 figures à pleine page, gravées sur bois et des plus bizarres. Le premier f. débute ainsi : *Hexastichon Sebastiani* || *Brant in Memorabiles evanglistar figuras.* — La souscription donnée ci-dessus est prise dans une *Peroracio* de 12 lignes qui se trouve au recto du 15e f.

Bel exemplaire des ventes DESQ et A. FIRMIN-DIDOT, mais relié depuis.

103. Ars memorandi. Reproduit en fac-similé sur l'exemplaire de la Bibliothèque Nationale, par Adam Pilinski. Précédé d'une notice par Gustave Pawlowski. *Paris, Pilinski*, 1883, in-4, 16 pl. sur papier ancien, cart. non rog.

Reproduction tirée à 100 exemplaires.

104. Contemplatio totius vitæ et passionis Domini nostri Jesu Christi. *Venetiis apud Joannem Ostaum et Petrum Valgrisium*,

1557, in-8, vign. gr. sur bois, mar. bleu, dos orné, fil. comp. à fr. et dor. tr. dor. (*Thivet.*)

Livre rare, orné de 49 gravures sur bois.

105. La Passion de Jésus-Christ, gravée par Gheijne d'après les originaux de Karel van Mander. In-fol.

Suite complète de 1 frontispice et 13 planches gravées sur cuivre d'après les peintures en camaïeu de van Mander, célèbre peintre flamand (1548-1606.)

Épreuves AVANT LA LETTRE.

106. Oraison Dominicale. Reproduite en fac-similé sur l'exemplaire de la Bibliothèque Nationale, par Adam Pilinski. Précédée d'une notice par Gustave Pawlowski. *Paris, Pilinski*, 1883, in-4, 10 pl. sur papier ancien, cart. non rog.

Reproduction tirée à 100 exemplaires.

107. Apocalypse de saint Jean. Première édition d'après le baron de Heinecken, et cinquième d'après Sotheby, reproduite en fac-similé sur l'exemplaire de la bibliothèque Firmin-Didot, par Adam Pilinski. Précédée d'une notice par Gustave Pawlowski. *Paris, Pilinski*, 1882, in-4, 48 pl. sur papier ancien, cart. non rog.

Reproduction tirée à 100 exemplaires.

108. ARS MORIENDI ex ‖ variis sententiis collecta cum figuris ad resistendū ‖ in mortis agone diabolice suggestioni valens, cui ‖ libet Christi fideli utilis ac multum necessaria. (A la fin :) *Impressum Nurmberge p Veñ. dñm Jo. W. Presbřm. S. d.* in-4, car. goth. fig. sur bois, mar. brun, comp. à fr. style XVe siècle, sur le dos et les plats, doublé en gardes de vélin blanc, tr. dor. (*Cuzin.*)

Édition de toute rareté, imprimée à Nuremberg par Jean Weissenburger au début du XVIe siècle. Elle comprend 14 ff. non ch. sign. A par 6 ff. B et C par 4 ff. et est ornée de 14 figures xylographiques. Notes à l'encre.

109. The Ars moriendi (editio princeps, circa 1450). A reproduction of the copy in the British Museum, edited by W. Harry Rylands ; with an introduction by George Bullen. *London, printed for the Holbein Society, by Wyman and sons*, 1881, gr. in-4, fac-similés, cart. perc. brune, fers spéciaux, non rog.

110. Ars moriendi. Reproduit en fac-similé sur l'exemplaire de la Bibliothèque Nationale, par Adam Pilinski. Précédé d'une notice par Gustave Pawlowski. *Paris, Pilinski*, 1883, in-4, 13 pl. sur papier ancien, initiales rouges, cart. non rog.

Reproduction tirée à 100 exemplaires.

111. Spiegel om wel te Sterven aanwyzende met Prentverbeeldingen van het Lyden onzes Zaligmakers Jesu Christi. Door D. Vigne. Verzied met 42 fyne géétste Kopere Platen, door Romein de Hoog. *Amsterdam, Stigter, s. d.* (1694), in-4, pl. sur cuivre, non rog. dérel.

Ouvrage très recherché à cause des 42 figures, dont 1 frontispice, de Romain de Hooghe dont il est orné.
Exemplaire NON ROGNÉ. Hauteur : 275 mill. sur 212 mill. de largeur.
Belles épreuves.

112. La Manière de se bien préparer à la mort, par des considérations sur la Cène, la Passion, et la Mort de Jésus-Christ (par le P. David de La Vigne, recollet.) Avec de très belles estampes emblématiques, expliquées par M. de Chertablon. *A Anvers, chez George Gallet*, 1700, in-4, pl. tête dor. non rog. dérel.

Cet ouvrage est la traduction du précédent et est orné des mêmes figures.
Exemplaire NON ROGNÉ. Hauteur : 270 mill. sur 210 mill. de largeur.
Belles épreuves.

113. Vita Beati P. Ignatii Loiolæ Societatis Jesu fundatoris. *Romæ*, 1609, in-4, mar. r. dos orné, fil. dent. int. tr. dor. (*Thibaron.*)

Titre-frontispice, un portrait et 79 planches numérotées, très bien gravées sur cuivre. Texte gravé au-dessous de chaque planche.
Bel exemplaire.

114. Danse Macabre. Reproduite en fac-similé sur l'exemplaire de la Bibliothèque Nationale, par Adam Pilinski. Précédée d'une notice par Gustave Pawlowski. *Paris, Pilinski*, 1883, in-4, 32 ff. non ch. ornés de 24 fig. sur bois, cart. non rog.

Reproduction tirée à 100 exemplaires.

115. La Danse des Morts, comme elle est dépeinte dans la louable et célèbre Ville de Basle, pour servir d'un Miroir de la Nature humaine, dessinée et gravée sur l'original de feu M. Mathieu Mérian. On y a ajouté une description de la Ville de Basle et des vers à chaque figure. *Basle, Im-Hoff*, 1744, in-4, texte en français et en allemand, front. et pl. gr. sur cuivre, mar. noir, plats mosaïqués de mar. r. citron et blanc marbré, avec emblèmes et têtes de morts sur le dos et les plats, doublé et gardes de papier doré, tr. dor. (*Rel. anc.*)

Curieuse reliure dont les plats sont ornés d'un monument funéraire en mosaïque et portant sur la première garde l'étiquette : *Relié par Bradel le jeune, rue Décosses nº 1, quartier Sainte-Geneviève, à Paris.*

III. PORTRAITS. — COSTUMES

116. EPITOMES DES || ROYS DE FRANCE en La || tin et en Francoys || avec leur vrayes || figures. || Fortia adversis opponite || pectora rebus. || *Lugduni*, || *Balthasar Arnoullet*, || 1546, || in-4 de 159 pp. texte latin et français, titre gr. portr. mar. r. dos et angles des plats fleurdelisés, dent. int. tr. dor. (*Capé*, *Masson-Debonnelle*.)

PREMIÈRE ÉDITION de cet ouvrage, dédié au Dauphin et orné de 58 petits portraits en médaillons gravés en taille-douce, les plus anciens en ce genre qui aient été trouvés dans un livre imprimé en France. Les portraits qui ornent ce volume rare et vraiment curieux sont attribués par Robert Dumesnil (tome VI, p. 8) à Claude Corneille, de Lyon.
Bel exemplaire.

117. EFFIGIES REGUM FRANCORUM omnium, a Pharamundo, ad Henricum usque tertium, ad vivum, quantum fieri potuit, expressæ. Cœlatoribus, Virgilio Solis Noriber : et Justo Amman Tigurino. Accessit Epitome χρονικῶν, eorum vitas, et gesta breviter complectens. *Noribergæ*, 1576, pet. in-4, de 64 ff. portr. mar. vert foncé, fil. à fr. dent. int. tr. dor. (*Niedrée*.)

Ouvrage orné de 62 beaux portraits des rois de France, de Pharamond à Henri III. Chaque portrait est entouré d'une charmante bordure au bas de laquelle se trouve représenté un sujet historique.

---

118. Histoire du costume en France, depuis les temps les plus reculés jusqu'à la fin du XVIIIe siècle, par J. Quicherat. *Paris*, *Hachette*, 1875, 481 fig. sur bois, gr. in-8, br.

Exemplaire sur GRAND PAPIER DE CHINE.

119. Le Costume au moyen âge d'après les sceaux, par G. Demay. *Paris*, *Dumoulin*, 1880, gr. in-8, fig. noires et pl. en couleur, br.

Ouvrage tiré à petit nombre.
Un des 75 exemplaires sur GRAND PAPIER VÉLIN DE CUVE (n° 7).

120. DEGLI HABITI ANTICHI et moderni di diverse parti del Mondo Libri due, fatti da Casare Vecellio et con discorsi da lui dichiarati. *In Venetia*, *presso Damian Zenaro*, 1590, fort vol. in-8, fig. mar. orange, milieu doré, dent. int. tr. dor. (*Trautz-Bauzonnet*.)

EDITION ORIGINALE, très rare, de cet ouvrage recherché. Elle est ornée de 420 planches gravées sur bois.
Bel exemplaire de la bibliothèque LEBŒUF DE MONTGERMONT.

121. HABITI ANTICHI ET MODERNI di tutto il Mondo, di Cesare Vecellio... (A la fin :) *In Venetia, appresso Gio Bernardo Sessa*, 1598, fort vol. in-8, fig. mar. r. dos et plats ornés de comp. à fers azurés et mosaïqués de mar. noir, doublé de mar. r. fil. tr. dor. (*Chambolle-Duru.*)

Seconde édition, rare, ornée de 507 planches sur bois.
Bel exemplaire, couvert d'une riche reliure, portant sur les plats intérieurs les armes de M. Henri BORDES.

122. Cleri totius Romanæ Ecclesiæ subjecti, seu Pontificiorum ordinum omnium omnino utriusque sexus, habitus, artificiosissimis figuris, quibus Francisci Modii singula catosticha adjecta sunt, nunc primum Indoco Ammanno expressi, neque unquam antehac similiter editi. Addito libello singulari ejusdem Francisci Modii, in quo conjusque ordinis Ecclesiastici origo, progressus et vestitus ratio breviter ex variis historicis delineatur. *Francoforti, Feyerabend*, 1585, 2 parties en 1 vol. in-4, fig. sur bois, mar. La Vall. jans. dent. int. tr. dor. (*Chambolle-Duru.*)

Recueil orné de nombreuses planches de costumes des différents ordres religieux.

123. Cris de Paris au XVIe siècle. Dix-huit planches gravées et coloriées du temps, reproduites en fac-similés d'après l'exemplaire unique de la Bibliothèque de l'Arsenal, par Adam Pilinski. Avec une notice historique sommaire par M. Jules Cousin. *Paris, Vve Ad. Labitte*, 1885, in-4, 18 pl. en couleur, cart. non rog.

Cette reproduction n'a été tirée qu'à 80 exemplaires sur papier imitant l'ancien. Les planches en ont été détruites après le tirage.
Exemplaire no 6.

IV. SUITES DE VIGNETTES

124. BOILEAU. Suite complète de 1 portrait par Saint-Aubin, et de 6 figures in-8, de Moreau le jeune, gravées par de Ghendt, Simonet, Delvaux, publiée par *Renouard*.

Epreuves en double état, AVANT LA LETTRE sur blanc et AVANT LA LETTRE SUR CHINE.
Belles épreuves de cette jolie suite; on y a joint un second portrait de Boileau, de face, gravé par Saint-Aubin, épreuve sur CHINE avec le nom en lettres grises.
En tout 15 pièces.

125. — Suite complète de 1 portrait d'après Rigaud et 6 figures

in-8, gravés par Adam, Burdet, Cholet, etc., d'après Desenne, pour l'édition de *Paris, Lefèvre*, 1821.

Belles épreuves AVANT LA LETTRE sur CHINE.

126. BOILEAU. Suite complète de 1 portrait par Dévéria gravé par Ethiou et 6 figures in-8, de Desenne, gravées par Cholet, Pelée, Burdet, etc. publiée par *Furne*.

Belles épreuves, avec la lettre grise, tirées sur CHINE.

127. — Suite complète de 1 portrait et 6 vignettes, gravés à l'eau-forte par V. Fouquier, publiée par *Mame*, gr. in-8.

Epreuves AVANT LA LETTRE, sur CHINE VOLANT.

128. CORNEILLE. 1 portrait de P. Corneille par Saint-Aubin et 24 figures de Moreau le jeune et Prudhon, publiés par *Renouard*.

Epreuves AVANT LA LETTRE, sur CHINE, montées in-4, sur vélin. Quelques pièces sont rognées, sans que le chine soit atteint, et les figures pour l'*Imitation* sont avec la lettre et coupées au cadre.

129. — Suite complète de 1 portrait et 25 vignettes gr. à l'eau-forte par V. Foulquier, d'après les compositions de Barrias et de V. Foulquier, pour le *Théâtre choisi*. *Tours, Mame*, gr. in-8.

Épreuves AVANT LA LETTRE, tirées à part sur CHINE VOLANT. Une des épreuves est plus courte de marges que les autres.

130. RACINE. Suite complète de 1 portrait d'après Santerre et 12 figures par Le Barbier l'aîné, pour les *Œuvres complètes*, *Paris, Deterville*, 1796, in-8.

131. — Suite complète de 1 portrait et 12 figures, gr. in-8, gravés par Simonet, Roger, de Ghendt, d'après Moreau le jeune, pour les *Œuvres*, publiées par *Ant. Aug. Renouard*.

132. — Suite complète de 1 portrait et 12 figures in-18, de Desenne, gravés par Girardet, pour la *Petite Bibliothèque française*. *Paris*, 1819.

Charmante suite, rare.
Belles épreuves AVANT LA LETTRE, sur CHINE, montées in-8, et tirées à 40 exemplaires.

133. — Suite complète de 1 portrait gravé par Ethiou et 12 figures in-8, par Desenne, Prudhon, Gérard, Girodet, etc. pour les *Œuvres. Paris, Lefèvre*, 1822.

Bonnes épreuves avec la lettre grise, sur CHINE. On y a ajouté la figure de Gérard, pour *Alexandre*, en épreuve AVANT LA LETTRE, sur CHINE.

134. Racine. La même suite, moins la figure pour la *Thébaïde*.

Épreuves avant la lettre, sur chine.

135. — Suite complète de 1 portrait et 46 vignettes, gravés à l'eau-forte, par V. Foulquier, pour le *Théâtre choisi. Tours, Mame*, 2 vol. gr. in-8.

Épreuves avant la lettre sur chine volant.

136. — Suite complète de 1 portrait et 58 vignettes gravés à l'eau-forte par Ernest Hillemacher pour le *Théâtre complet. Paris, Jouaust*, gr. in-8.

Épreuves d'artiste avant la lettre, tirées à part sur papier du Japon volant.

BELLES-LETTRES

I. LINGUISTIQUE. — RHÉTORIQUE.

137. La Déclaration des Abus que l'on commet en escrivant. Et le moyen de les éviter et representer nayvement les paroles : ce que jamais homme n'a faict. Par Honorat Rambaud, Maistre d'escole à Marseille. *A Lyon, par Jean de Tournes*, 1578, in-8 de 351 pp. mar. r. à long grain, fil. dent. int. tr. dor. (*Thouvenin.*)

Livre fort rare et très remarquable par la tentative qu'y fait l'auteur de remplacer l'alphabet ordinaire par un alphabet imaginé par lui, composé de 49 consonnes et seulement de 3 voyelles. Les caractères de cet ouvrage, qui s'approchent des lettres grecques par leur forme, ont été fondus tout exprès par Jean de Tournes.
Exemplaire réglé, provenant de la bibliothèque de Ch. Nodier.

138. Dialogue de l'ortografe e prononciation françoese, departi an deus livres, par Jacques Peletier du Mans. *Poitiers, Jan e Enguilbert de Marnef*, 1550, in-8, mar. brun, dos orné, fil. dent. int. tr. dor. (*Niédrée.*)

Édition originale, quelques lettres effacées au titre.

139. Les Epithètes de M. de La Porte, Parisien... *Paris, Gabriel Buon*, 1571, pet. in-8, de 4 ff. prél. non ch. 285 ff. de texte et 1 f. blanc, mar. grenat, dos orné, fil. beaux comp. dor. sur les plats, dent. int. tr. dor. (*Cuzin.*)

Édition originale de cet ouvrage curieux et fort recherché.
Bel exemplaire, grand de marges.

140. Alfabet qonsiliateur de l'ortografe aveq la prononsiasion franseze, por doner des preinsipez invariablez e trez fasilez a toz seuz qi vodron aprandre dan peu de tan la gramere franseze, par Piere Andre Gargaz de Teze, an Provanse. *Marseille*, *Mossy*, 1773, in-8 de 28 pp. demi-rel. v. f.

Opuscule fort curieux, dont le titre seul suffit pour donner une idée de l'ortographe que l'auteur propose de substituer à celle dont se servaient les encyclopédistes ses contemporains. Ce qui ajoute encore à l'originalité de ce livre, c'est que la lettre imprimée d'André Gargaz qui le termine est adressée « *à Madame la qontèse de Marsan* » et est signée : *Gargaz, forsa n° 1336*. La suscription de cette letre, la signature et la formule qui la précède sont écrites fort lisiblement par l'auteur lui-même dans des blancs réservés à cet effet.

---

141. Le Grant et vray art de pleine rethorique : utille, proffitable et necessaire a toutes gens qui desirent a bien elegantement parler et escripre. Compile et compose par... Pierre Fabri : en son vivant cure de Meray et natif de Rouen. *On les vend au Palais... en la boutique de Jehan Longis.* (A la fin :)... *Nouvellement imprimé à Paris, le septiesme iour de novembre* 1534, in-8, car. goth. mar. citron. dos orné, fil. et comp. dor. dent. int. tr. dor. (*Bedford.*)

Édition rare.
Bel exemplaire.

142. Dialogues sur l'Eloquence en général et sur celle de la Chaire en particulier, avec une lettre écrite à l'Académie françoise, par feu Messire François de Salignac de La Motte Fénelon. *Paris*, *Estienne*, 1718, in-12, mar. bleu, dos orné, fil. dent. int. tr. dor. (*Capé.*)

143. Recueil d'Oraisons funèbres, composées par Messire Jacques-Bénigne Bossuet. *Paris*, *Ve Sébastien Mabre-Cramoisy*, 1689, in-12 de 2 ff. prél. non ch. 562 pp. et 1 f. pour le privilège. mar. noir jans. dent. int. tr. dor. (*Thibaron-Joly*).

Première édition originale des six grandes Oraisons funèbres de Bossuet, réunies en ce recueil.
Bel exemplaire grand de marges.
Hauteur : 162 mill.

144. Oraison funèbre de Sa Majesté très chrétienne Louis XVI, roi de France et de Navarre, prononcée en latin dans la chapelle du Quirinal, en présence de notre très saint père le Pape Pie VI, par Monseigneur Leardi de Casal-Montferrat, et traduite par M. l'abbé d'Hesmivy d'Auribeau. *A Rome, de*

l'imprimerie des Lazarini, 1793, gr. in-4 de 6 ff. prél. 50 pp. et 1 f. non ch. tr. dor. dérel.

Édition originale de cette traduction; elle est ornée de vignettes et de fleurons gravés sur cuivre, dont deux renferment des portraits de Louis XVI et de Pie VI. Le dernier f. renferme une grande planche représentant le catafalque du roi érigé dans l'église Saint-Louis.
Exemplaire sur grand papier.

II. POÉSIE

1. POÈTES GRECS ET LATINS

145. Homeri Operum omnium quæ exstant. Græce et latine. Juxta editionem emendatissimam Samuelis Clarke. *Amstelædami, Wetstenium*, 1743, 2 vol. pet. in-12, titre-front. gr. portr. et pl. demi-rel. mar. grenat, tête dor. non rog. (*Thivet.*)

Jolie édition imprimée en petits caractères.

146. P. Virgilii Maronis Opera. *Lug. Batavor. ex officina Elzeviriana*, 1636, in-12, titre-front. gr. mar. bleu à long grain, fil. tr. dor.

Édition originale sous cette date, et la plus jolie édition donnée par les Elzevier.
Hauteur : 128 mill.

147. Publii Virgilii Maronis Carmina omnia, perpetuo commentario ad modum Joannis Bond explicuit Fr. Dubner. *Parisiis, ex typographia Firminorum Didot*, 1858, pet. in-12, texte encadré d'un fil. r. vignettes, titre gr. mar. r. dos orné, fil. dent. int. tête dor. ébarbé. (*Thivet.*)

Jolie édition en petits caractères.

148. Quinti Horatii Flacci Poëmata, scholiis sive annotationibus instar. commentarii illustrata a Joanne Bond. Editio nova. *Amstelodami apud Danielem Elzevirium*, 1676, in-12, titre-front. gravé, mar. r. dos orné, fil. dent. int. tr. dor. (*Duru.*)

Bel exemplaire de cette jolie édition.
Hauteur : 137 mill.

149. Quinti Horatii Flacci Opera, cum novo commentario ad modum Joannis Bond. *Parisiis, ex typographia Firminorum Didot*, 1855, pet. in-8, front. vign. mar. bleu, dos orné, fil. dent. int. tête dor. ébarbé. (*Thivet.*)

Jolie édition.
Exemplaire sur papier de Chine.

150. Œuvres de Horace, traduction nouvelle par Leconte de Lisle, avec le texte latin. *Paris, Lemerre*, 1873, 2 vol. pet. in-12, mar. bleu, dos orné, fil. dent. int. tête dor. ébarbé. (*Thivet.*)

Jolie édition.
Un des 35 exemplaires sur PAPIER DE CHINE avec le frontispice AVANT LA LETTRE, tiré en 2 états : en noir et à la sanguine.

151. Disticha de Moribus, nomine Catonis inscripta, cum Latina et Gallica interpretatione. *Cadomi, apud Martinum et Petrum Philippos*, 1553, in-8 de 120 pp. mar. brun, dos orné, comp. à fr. et fleurons dor. tr. dor. (*Chatelin.*)

Édition non citée. Chaque distique est accompagné de son commentaire en latin et en français, imprimé en plus petits caractères. L'auteur de ce commentaire est nommé à la fin de la façon suivante : *Dictabat parvulis suis Maturinus Corderius Novioduni : quę est Nivernensium metropolis, ad flumen Ligerim.*

152. Sensuit le grant || Chaton en fran || çois, qui parle || de plusieurs belles exēples moralles et fort || joyeuses pour resjouyr les personnes. (A la fin :) *Nouvellement imprimé* || *a Paris, par Alain Lotrian et Denis janot, imprimeurs demourās* || *en la rue Neufve Nostre Dame à l'enseigne de lescu de France*, || *s. d.* (*vers* 1535), in-4, car. goth. figure sur bois sur le titre et au dernier f. mar. La Vall. jans. dent. int. tr. dor. (*Chambolle-Duru.*)

Traduction en prose.
Marque de l'imprimeur au verso du dernier f.
Bel exemplaire.

153. Les Quatre Livres de Caton, pour la doctrine et la Jeunesse (en vers), par F. H. (F. Habert). *Paris Danfrie et Breton*, 1559, in-8 de 52 ff. mar. bleu jans. dent. int. tr. dor. (*Chambolle-Duru.*)

Édition rare, imprimée en caractères dits de *civilité*. Les derniers ff. contiennent une pièce de vers intitulée : *De lhomme prudent, traduction de Beroalde par F. Habert.*
Bel exemplaire des bibliothèques du baron PICHON et d'AMBROISE FIRMIN-DIDOT.

154. La Parthenice Mariane de Baptiste Mantuan, poete théologue de lordre de Nostre Dame des Carmes trāslatee de latin en françoys. (A la fin :)... *Nouvellemēt imprimee par Claude Nourry : et Jehan Besson, demeurās audit Lyon, ꝛ fut achevee le XXII jour de octobre l'an* 1523, in-4, car. goth. titre r. et noir, fig. sur bois, lettres ornées, vélin.

Traduction en vers. Marque de Jean Besson sur le titre.
Piqûres de vers ; grattage sur le titre.

155. STULTIFERA NAVIS. Narragonice pfectõnis nunq; satis laudata Navis : per Sebastianũ Brant :.... 1498. (A la fin :)... *In laudatissima Germanie urbe Basiliensi : nup opa & pmotione Johãnis Bergman de Olpe Anno Salutis nr̃i M.CCCCXCVIII, Kl' Martii* (1498), in-4, car. ronds, nombreuses fig. sur bois, mar. brun, fil. et comp. dorés, dent. int. tr. dor. (*Lortic.*)

Belle édition, de toute rareté, contenant les mêmes figures que l'édition originale de 1497.
Bel exemplaire ; très léger raccommodage au titre.

156. Poètes latins et français des XVIe et XVIIe siècles. — Réunion de 2 vol. in-4, préparés pour la reliure et 2 vol. in-12 rel. et dérel.

De Sacra Francisci II Sermo (par Michel de l'Hospital). *Parisiis*, 1560. (*Édition originale*; *ex. non rogné*). — Vidi Fabri Pibracii, Tetrasticha græcis et latinis versibus expressa, auctore Florente Christiano. *Lutetiæ, Morellum*, 1584. — Le Parnasse séraphique et les derniers Soupirs de la Muse, du R. P. Martial de Brives. *Lyon, Demasso*, 1660. — La Magdeleine au désert de la Sainte-Baume en Provence. Poëme spirituel par le Père Pierre de S. Louys. *Lyon, Grégoire*, 1668.

2. POÈTES FRANÇAIS ET ÉTRANGERS

157. La Chanson de Roland, texte critique, accompagné d'une traduction nouvelle et précédé d'une introduction historique par Léon Gautier, avec eaux-fortes par Chiffart et V. Foulquier et un fac-similé. *Tours, Mame*, 1872, 2 tomes en 1 vol. gr. in-8, pl. à l'eau-forte, br.

Un des 21 exemplaires sur PAPIER DE CHINE (nº 10).

158. Réimpressions de pièces des XVe et XVIe siècles, toutes tirées à petit nombre. — Réunion de 9 vol. in-8 et in-12, demi-rel. mar. têtes dor. ébarbés, et 1 vol. in-8, br.

L'Advocacie Notre-Dame, poème du XIVe siècle. — La Contenace de la table, goth. — Discipline de Clergie et Chastoiement d'un père à son fils, par Pierre Alphonse. — Nic. Rapin. Les Plaisirs du gentilhomme champêtre. — Cantinella provençale du XIe siècle, ou l'Honneur de la Madeleine. — La Grant Dance macabre ; avec les dis des trois mors et des trois vifs, etc. *Paris*, 1486, goth. — Le Jeu des Escheczs, par Vida ; 2 vol. (éditions Philieul et M. D. C.). — Discours de Michel de l'Hospital sur le sacre de François II. — Le Parement et Triumphe des Dames, par Olivier de La Marche, goth. (broché).

159. ℭ Cy commence la vie saincte Marguerite, saincte de nouvel et extrecte selon la vie des sains, anciẽne et escripte du martyrologe c'est a dire du livre des saincts martirs et des autres en la forme que saincte église de Romme le tiẽt, sans rien oster ne adjouster. Pet. in-12, tr. dor. dérel.

MANUSCRIT DU XVe SIÈCLE SUR VÉLIN. Il se compose de 73 ff. et est orné, au verso du premier feuillet, d'une MINIATURE à mi-page représentant sainte Marguerite en prison, émergeant saine et sauve des entrailles déchi...ées du monstre qui vient de l'engloutir. Dans la marge de ce feuillet est pieusement agenouillée une femme vêtue de noir, représentant sans doute la personne pour qui fut exécuté le manuscrit. Il est orné en outre d'initiales et de tirets en or et en couleur.

Ce volume renferme un poème qui occupe 68 feuillets et qui compte 1332 vers octosyllabes disposés comme de la prose, c'est-à-dire sans solution de continuité après chaque vers.

Il a été soigneusement décrit, étudié et commenté dans l'ouvrage de M. F. Soleil : La Vierge Marguerite substituée à la Lucine antique... *Paris*, 1885. (Voir le nº 275).

Hauteur du volume : 118 mill. sur 72 de largeur.

160. ☾ La Vie de madame saīcte Mar‖guerite vierge et martyre, avec ‖ son antienne et oraison. ‖ *S. l. n. d.* in-8, goth. de 12 ff. non ch. à longues lignes, tr. dor. préparé pour la reliure.

Edition rare, de la fin du XVe siècle, à 24 lignes par page de ce curieux poème, à la fin duquel se trouve une oraison pour les femmes grosses.

Exemplaire réglé, presque NON ROGNÉ, auquel on a joint une JOLIE MINIATURE sur VÉLIN représentant sainte Marguerite sortant du corps du dragon.

161. LA CŌPLAĪTE ‖ DOLOUREUSE ‖ DE LAME DĀ‖NEE. ‖ *S. l. n. d.* in-4, mar. r. jans. dent. int. tr. dor. (*Trautz-Bauzonnet.*)

Édition du XVe siècle, différente de celles décrites par le *Manuel*. Elle est imprimée en beaux et gros caractères semi-gothiques et comprend 18 ff. non ch. sign. A par 10 ff. et B par 8 ff. Belle lettre historiée sur le titre. Le feuillet qui suit débute ainsi : *Cy cōmence la complainte de ‖ lame damnee faicte a lutilité ‖ et salut dung chā pecheur ‖*... La Complainte finit au bas du recto du dernier f. :

Bon soit pour vous son jugemēt
Ennuy nayes de penitence
Laquelle sera la chevance
Ou le tresor que trouveres
Tantost apres que finires.
Finis.

Bel exemplaire réglé à toutes marges, d'une conservation parfaite, sauf quelques légères restaurations ; il provient des ventes POTIER et BANCEL.

Hauteur : 196 mill.

162. La Dance des Aveugles, composée en vers français par Pierre Michault. Reproduction en fac-similé par Adam Pilinski d'une édition sans date imprimée au seizième siècle par Le Petit Laurens. *Paris, Vve Adolphe Labitte*, 1884, in-8 de 36 ff. non ch. fig. sur bois, cart. non rog.

Cette reproduction n'a été tirée qu'à 50 exemplaires sur papier imitant l'ancien. Les planches ont été détruites après le tirage.

Exemplaire nº 7.

163. ☾ CES PRESENTES DEVOTES LOUEN‖GES A LA VIERGE MARIE ont este impri‖mees pour Symō Vostre libraire : de‖mourant a Paris en la rue Nostre Da‖me a lenseigne sainct Jehan levan-

ge‖liste. ‖ (A la fin :) ℂ *Cy finissent tresdevotes louenges de ‖ la glorieuse Vierge Marie / composees par ‖ maistre Marcial Dauvergne procureur en ‖ parlement, furent achevees le xvii. jour de ‖ Aoust. Mil. v. cens ꝛ neuf pour Symon ‖ Vostre libraire : demourāt a Paris, en la rue ‖ neuve Nostre Dame a lēseigne saīct Jehan.* (1509), ‖ in-8, goth. de 98 ff. non ch. mar. bleu, dos orné, fil. dent. int. tr. dor. (*Trautz-Bauzonnet.*)

Edition rare de ces poésies. Elle est ornée au verso du titre d'une grande figure sur bois représentant l'*Arbre de Jessé* accompagnée du distique suivant :

L'Arbre de Jessé flourira
Dont le peuple sesjouira.

et porte au verso du dernier feuillet une autre figure ayant pour sujet l'*Annonciation à la Vierge.*

Bel exemplaire provenant des bibliothèques Cigongne, Chedeau et J. Renard.

164. Le Séjour ‖ d'honneur ‖ composé par reverend pere en Dieu messire ‖ Octovien (*sic*) de Sainct Gelais, evesque dangou ‖lesme. Nouvellement imprime à Paris pour ‖ Anthoyne Verard. ‖ (A la fin :) ℂ *Cy finist le séjour d'hōneur nouvellement imprime à Paris, pour Anthoyne Verard... Et fut achevé le xxv*e *jour d'aoust Mil. ccccc. et xix.* (1519), marque d'Antoine Vérard, in-4, goth. de 164 ff. à longues lignes non ch. mar. r. dos orné, fil. dent. int. tr. dor. (*Bauzonnet-Trautz.*)

Très bel exemplaire de cette rare édition; il provient de la bibliothèque du marquis de Ganay.

165. Le Livre de la Deablerie (par Éloy Damerval). (A la fin :) *Icy finist la deablerie.* (Et dans les seize derniers vers :) *L'imprimeur est Michel le Noir ‖ qui à Paris a son manoir ‖ en la rue Sainct Jaques en somme ‖ A la roze blanche cest homme ‖ ... qui la mis en impression ‖ ... l'an mil cinq cens et huyt sās faulte,* (1508), in-fol. de 123 ff. non ch. à 2 col. car. goth. fig. sur bois, mar. r. jans. dent. int. tr. dor. (*Trautz-Bauzonnet.*)

Première édition de ce livre singulier écrit en vers en forme de dialogue entre Lucifer et Satan.

Superbe exemplaire du baron de La Roche-Lacarelle.

Il est incomplet du 6e feuillet du cahier a (feuillet blanc) signalé par M. Picot, *Catalogue Rothschild,* n° 457.

166. Notables Enseignemens, adages et proverbes : faitz & composez par Pierre Grigore dit Vauldemōt... Nouvellemēt reveuz & corrigez avecq̄s plusieurs aultres adjoustez oultre la precedente impression. *On les vend à Paris en la rue Sainct Jaques à lenseigne de lelephāt devant les Mathurins.* (A la fin :) ... *Imprimez à Paris p̄ Nicolas Couteau... et furēt achevez d'imprimer*

le XXVIe iour du moys de janvier 1528, in-8, car. goth, figure sur bois, mar. La Vall. comp. à fr. encadrement doré, dent. int. tr. dor. (*Trautz-Bauzonnet.*)

Seconde édition de ce livre rare, plus complète que la première. Figure sur bois au verso du second feuillet avec le monogramme de Geoffroy Tory. Marque de François Regnault à la fin.

Superbe exemplaire de la vente Bancel. Petit raccommodage au titre et au dernier f.

167. Rymes de gentille et vertueuse dame D. Pernette Du Guillet, Lyonnoise. *A Lyon, par Louis Perrin*, 1856, in-8, pap. de Holl. mar. r. milieu doré, dent. int. ébarbé. (*Hardy.*)

Édition complète publiée par M. Monfalcon, d'après les trois éditions originales de ces poésies. Elle n'a été tirée qu'à 125 exemplaires.

168. Les Blasons domestiques, par Gilles Corrozet, libraire de Paris. Nouvelle édition, publiée par la Société des Bibliophiles françois. *Paris, chez les libraires de la Société*, 1865, in-12, papier de Hollande, vign. sur bois, mar. vert, dos orné et mosaïqué, fil. et milieu doré et mosaïqué sur les plats, dent int. tête dor. ébarbé.

Jolie réimpression.

169. Le Grand Chemin céleste de la Maison de Dieu, pour tous vrays pélerins célestes traversans les désertz de ce monde. Et des choses nécessaires et requises pour parvenir au port de salut, par M. Artus Désiré. *Paris, Thibault Bessault*, 1565, pet. in-8 de 40 ff. non ch. mar. r. à long grain, dos orné, dent. tr. dor.

Édition rare de ce poème, écrit en quatrains.

170. Euvres de Louïze Labé, Lionnoize. *Lyon, Scheuring*, 1862, in-8, portr. pap. de Holl. mar. bleu, dos orné, fil. et comp. style XVIe siècle sur les plats, dent. int. tête dor. non rog. (*Thivet.*)

Bel exemplaire de cette jolie édition, tirée à 200 exemplaires.

171. Les Quatrains du S. de Pybrac... Avec les plaisirs de la vie rustique, extraicts d'un plus long poëme composé par ledict Sr de Pybrac. Plus les plaisirs du gentil-homme champestre, avec plusieurs quatrains fort récréatifs, mis par ordre alphabétique, par N. R. P. (Nicolas Rapin). *A Lyon, par Pierre Mazy*, 1605, in-12 de 30 ff. non ch. mar. r. joli milieu doré, dent. int. tête dor. (*Trautz-Bauzonnet.*)

Bel exemplaire, NON ROGNÉ, de cette édition peu commune.

172. Panegiric ou chant d'allegresse sur la venue du tres-chrestien Henry troisième par la grace de Dieu roy de France et de Poloigne, par Germain Forget, advocat à Evreux. *Paris, Jehan Poupy*, 1574, in-8 de 16 ff. mar. bleu, dos et coins fleurdelisés, arabesques au centre des plats, dent. int. tr. dor. (*Masson-Debonnelle.*)

173. La Dernière Semaine, ou Consommation du Monde, par M. Q. (Michel Quillian), sieur de La Tousche, Breton. *A Paris, chez François Huby, M. D. IVC.* (1596), in-12 de 8 ff. prél. non ch. et 115 ff. de texte mar. bleu jans. dent. int. tr. dor. (*Chambolle-Duru.*)

Édition originale, rare, de ce poème divisé en sept journées, à l'imitation de la *Semaine* de Du Bartas. Elle renferme un portrait d'Henri IV gravé sur bois.

174. Les CL. Pseaumes de David, mis en vers françois, par Philippes Des-Portes, abbé de Thiron... *Paris, veusve Mamert Patisson*, 1604, pet. in-12, titre r. et noir, v. f. dos orné, fil. dent. int. tr. dor. (*Petit-Simier.*)

Bel exemplaire réglé, à la suite duquel se trouvent ajoutées : *Les Poésies chrestiennes* et *Quelques prières et méditations chrestiennes*, du même poète, parues séparément en 1603.

175. La Magdeleine de F. Remi de Beauvais, capucin de la province des Pays-Bas. *A Tournay, chez Charles Martin*, 1617, in-8 de 24 ff. prél. non ch. dont le dernier blanc, 746 pp. 3 ff. non ch. et 1 f. blanc, titre-front. gr. sur cuivre, mar. bleu, fil. à fr. dent. int. tr. dor. (*Duru.*)

Première édition, très rare, de ce poème singulier, auquel Viollet-le-Duc a consacré une longue étude dans sa *Bibliothèque poétique*. Brunet (IV, 1211) n'indique que 746 pp. sans mentionner les ff. non ch.
Bel exemplaire d'Armand Bertin.

176. Les Œuvres de Mre François de Malherbe. *Paris, Chappelain*, 1630, 2 parties en 1 vol. in-4, portrait, mar. bleu, dos orné, fil. dent. int. tr. dor. (*Thibaron-Joly.*)

Edition originale collective publiée par le cousin de Malherbe, Fr. Arbaud de Porchères, qui a placé en tête du volume un discours apologétique très curieux d'Ant. Godeau, non reproduit dans les éditions postérieures.
Première édition sous cette date avec la préface non remaniée.
Bel exemplaire de la vente Génard.

177. Recueil de Poésies chrestiennes et diverses, dédié à Monseigneur le Prince de Conty, par M. de La Fontaine. *Paris, Pierre Le Petit*, 1671, 3 vol. in-12, mar. r. milieux dorés, dent. int. tr. dor. (*Quinet.*)

Edition originale de ce recueil, rare, édité par L. Henri Loménie de

Brienne, et composé avec goût. Quoique édité sous le nom de La Fontaine, ce recueil ne contient du poète que l'épître dédicatoire en vers, avec paraphrase du psaume XVII, quelques fables et autres pièces, mais il renferme plusieurs morceaux qu'on chercherait vainement ailleurs.

178. Le Parnasse séraphique et les derniers Soupirs de la Muse, du R. P. Martial de Brives. *Lyon, Demasso*, 1660, in-8, front. et fig. mar. bleu, fil. et comp. tr. dor.

179. L'Amy sans fard qui console les affligez, en vers burlesques, par M. Jacques Jacques, chanoine créé en la Métropole Notre-Dame d'Ambrun. Revû, corrigé et augmenté. *Lyon, Besson, s. d.* (1664), in-12 allongé, mar. vert, dos orné, fil. dent. int. tr. dor. (*Thibaron-Echaubard.*)

180. Le Médecin libéral qui donne, gratis, des remèdes salutaires contre les frayeurs de la mort. Troisième partie et suite du *Faut-Mourir*, par M. Jacques Jacques, chanoine honoraire de Nostre-Dame d'Ambrun. *Lyon, Matheret*, 1666, in-12, demi-rel. mar. brun avec coins, dos orné, fil. tête dor. (*Petit-Simier.*)

Ex-libris de M. C. de Mandre.

181. La Ville de Paris, en vers burlesques, contenant les Galanteries du Palais, la Chicane des Plaideurs, les filouteries du Pont-Neuf..., par le sieur Berthaud. Dernière édition, augmentée de nouveau de la Foire de Sainct-Germain, par le sieur Scaron. *Paris, Antoine Rafflé*, 1665, in-12, mar. r. à long grain, fil. tr. dor. (*Thouvenin.*)

Un des rares exemplaires contenant la seconde partie, intitulée : le Tracas de Paris. *Paris, Antoine Rafflé*, 1666, donnée par Fr. Colletet. Cette seconde partie est ici en Édition originale.
Exemplaire de Charles Nodier.

182. Le Tableau de la Pénitence, Jésus-Christ expirant en croix. *Metz, Jean Antoine*, 1675, in-4 de 8 pp. fig. sur bois. mar. r. dos et coins des plats ornés de la croix de Lorraine, dent. int. tr. dor. (*Capé, Masson-Debonnelle.*)

Pièce en vers très rare. Figure sur bois sur le titre et au verso du 2e f.
Exemplaire de la vente Chartener.

183. La Guirlande de Julie, augmentée de documents nouveaux, publiée avec notice, notes et variantes, par Octave Uzanne, et ornée d'un portrait inédit de Julie d'Angennes. *Paris, Librairie des Bibliophiles* (*Jouaust*), 1875, in-8, front. et portr. à l'eau-forte, mar. bleu, dos orné, guirlande de roses encadrant les plats, dent. int. tête dor. non rog. (*Thivet.*)

Un des 15 exemplaires sur papier de Chine.
Belle reliure.

184. Œuvres diverses du Sr Boileau Despreaux, avec le Traité du sublime ou du merveilleux dans le discours, traduit du grec de Longin. Nouvelle édition. *Paris*, *Denys Thierry*, 1701, 2 vol. in-12, front. et fig. mar bleu, dos orné, fil. dent. int. tr. dor. (*Cazin.*)

Bel exemplaire de cette édition estimée.

185. LE LUTRIN, poème héroï-comique de Boileau-Despréaux. Edition conforme au texte original, ornée de vignettes par Ernest et Frédéric Hillemacher. *Lyon*, *Scheuring*, 1862, in-4, fig. à l'eau-forte, tête dor. ébarbé, dérel.

Un des 30 exemplaires sur GRAND PAPIER DE HOLLANDE avec la suite des figures tirées hors texte, sur CHINE VOLANT, épreuves AVANT LA LETTRE.

186. La Maltote des Cuisinières, ou la Manière de bien ferrer la Mule. *A Paris*, *chez Guillaume Valleyre*, 1713, pet. in-8 de 12 pp. demi-rel. mar. brun avec coins, tr. dor. (*Prat.*)

Exemplaire réglé d'une curieuse et piquante pièce de vers.

187. Satyre sur les cerceaux, paniers, criardes et manteaux-volans des femmes et sur leurs autres ajustemens. *Paris*, *Thiboust*, 1727, in-12 de 44 pp. mar. citron jans. dent. int. tr. dor. (*Thibaron.*)

Opuscule rare et curieux attribué à d'Henissart.

188. Iambes, par Auguste Barbier. *Paris*, *Canel et Guyot*, 1832, in-8, demi-rel. mar. vert, dos orné, fil. tête dor. non rog.

Bel exemplaire de l'ÉDITION ORIGINALE.

---

189. Le Goupillon (o Hyssope), poème héroï-comique d'Antonio Dinoz, traduit du portugais par J.-Fr. Boissonade. Deuxième édition, revue et précédée d'une notice sur l'auteur, par M. Ferdinand Denis. *Paris*, *Techener*, 1867, in-8, front. mar. r. dos orné, fil. dent. int. tr. dor. (*Belz-Niedrée.*)

Exemplaire sur GRAND PAPIER DE HOLLANDE.

III. THÉATRE

190. Mystères et Moralités. — Réunion de 3 vol. in-8, pap. de Holl. fig. sur bois, br.

Adam, Mystère du XIIe siècle. *Paris, Dumoulin*, 1877. — Le Mystère de Robert le Diable. *Paris, Dentu*, *s. d.* — Moralité du mauvais riche et du ladre. *Paris*, *Silvestre*, 1833 (tiré à 40 exemplaires).

191. Moralité des Blasphémateurs de Dieu. — Moralité de la Vendition de Joseph. — Moralité de Mundus, Caro et Demonia. — Farce des deux Savetiers. — *Paris, Silvestre*, 1831-1838. — Ens. 4 pièces en 3 vol. in-fol. format agenda, pap. de Holl. car. goth. fig. sur bois, demi-rel. mar. brun, tête dor. non rog. (*Thivet.*)

Réimpressions fac-similées tirées à 90 exemplaires.

192. Théâtre de P. Corneille publié en cinq volumes et précédé d'une préface par V. Fournel. *Paris, Librairie des Bibliophiles*, 1877-1879, 5 vol. in-8, portr. br.

Exemplaire sur GRAND PAPIER DE HOLLANDE.

193. Histoire de la vie et des ouvrages de P. Corneille, par M. J. Taschereau. Seconde édition augmentée. *Paris, Jannet*, 1855, in-12 tiré in-8, mar. r. fil. à fr. dent. int. tr. dor. (*Lortic.*)

Exemplaire sur PAPIER DE CHINE.

194. ŒUVRES DE RACINE. *Paris, Claude Barbin*, 1697, 2 vol. in-12, front. de Lebrun, fig. de Chauveau, mar. r. jans. doublé de mar. r. jolie dent. tr. dor. (*Chambolle-Duru.*)

Dernière édition donnée par Racine.
Très bel exemplaire.
Hauteur : 160 mill.

195. THÉATRE DE JEAN RACINE, trésorier de France, l'un des Quarante de l'Académie françoise, orné de vignettes gravées à l'eau-forte sur les dessins d'Ernest Hillemacher. *Paris, Librairie des Bibliophiles*, 1873-74, 4 vol. gr. in-8, portr. et vign. br.

Un des 100 exemplaires sur GRAND PAPIER DE HOLLANDE.

IV. ROMANS

196. Histoire admirable du Juif errant... Avec la description de la Sentence ou Arrest des sanguinaires Juifs contre Jésus-Christ... et comme ledit Juif est encore vivant, errant par le monde. *Anvers, Thomas Arnaud d'Armossin, s. d.* pet. in-8 de 16 pp. mar. brun jans. dent. int. tr. dor. (*Hardy-Mennil.*)

Pièce curieuse et fort rare.
Bel exemplaire des bibliothèques DESQ, RENARD et NOILLY.

197. Le Romant comique de M. Scarron. *Suivant la copie imprimée à Paris* (*Au Quærendo*), 1668, 2 parties en 1 vol. in-12, front. mar. r. dos orné, fil. dent. int. tr. dor. (*Thibaron-Joly.*)

Édition s'annexant a la collection elzevirienne.

198. Le Roman Bourgeois. Ouvrage comique (par Furetière). *Paris, Théodore Girard*, 1666, in-8, front. sur cuivre, mar. r. dos orné, fil. dent. int. tr. dor. (*Chambolle-Duru.*)

Bel exemplaire de l'ÉDITION ORIGINALE.
Hauteur : 182 mill.

199. LA PRINCESSE DE CLÈVES (par Madame de La Fayette). *Paris, Claude Barbin*, 1678, 4 tomes en 2 vol. in-12, mar. citron, dos orné, fil. dent. int. tr. dor. (*Trautz-Bauzonnet.*)

Bel exemplaire de l'ÉDITION ORIGINALE, rare, de ce célèbre roman. Il est réglé en rouge, et, en or pour les titres, et provient des bibliothèques ODIOT et H. BORDES.
Hauteur : 152 mill.

200. LES AVANTURES DE TÉLÉMAQUE, fils d'Ulysse. Par feu Messire François de Salignac de La Motte Fénelon. Première édition, conforme au manuscrit original. *Paris, Jacques Estienne*, 1717, 2 vol. pet. in-8, portr. front. par Duflos et 25 fig. sur cuivre par Bonnard et Giffart, mar. r. dos orné, fil. et comp. à la Du Seuil, dent. int. tr. dor. (*Thibaron.*)

PREMIÈRE ÉDITION du texte définitif de *Télémaque*, qui mérite, dit Brunet, de conserver une place dans le cabinet d'un curieux.
Bel exemplaire, grand de marges : 171 mill.; il provient de la bibliothèque J. RENARD.

201. Le Diable boiteux, par Monsieur Le Sage nouvelle édition, corrigée, refondue, augmentée d'un volume par l'auteur, et ornée de figures. Avec les Entretiens sérieux et comiques des cheminées de Madrid, et les Béquilles dudit Diable, par Monsieur *** (Bordelou). *Paris, Prault père*, 1737, 2 vol. in-12. front. et fig. de Dubercelie, mar. vert, dos orné, fil. dent. int. tr. dor. (*Chambolle-Duru.*)

DERNIÈRE ÉDITION DONNÉE DU VIVANT DE L'AUTEUR et celle qui mérite le plus d'attirer l'attention des curieux comme contenant le texte définitif et complet de ce chef-d'œuvre.
Bel exemplaire, grand de marges, de la bibliothèque GÉNARD.
Hauteur : 160 mill.

202. HISTOIRE DE GIL BLAS de Santillane, par M. Le Sage. Dernière édition, revue et corrigée. *Paris, par les Libraires associés*, 1747, 4 vol. in-12, fig. mar. r. dos orné, fil. dent. int. tr. dor. (*Chambolle-Duru.*)

ÉDITION ORIGINALE sous cette date.
Légère tache au tome I.

203. Le Papillotage, ouvrage comique et moral. *A Rotterdam, chez E. V. D. W. et Compagnie*, 1767, in-12, demi-rel. v. f. avec coins, fil. tête dor. ébarbé. (*Petit, succ. de Simier.*)

204. Voyage autour de ma chambre, par M. le chev. X*** (Xavier de Maistre). O. A. S. D. S. M. S. (officier au service de Sa Majesté Sarde). *A Turin*, 1794, in-12 de 188 pp. et 1 f. pour un erratum, mar. bleu, dos orné, fil. dent. int. tr. dor. (*Lortic.*)

Édition originale, fort rare et non citée par Brunet. Elle fut publiée par le frère de Xavier de Maistre, et ne fut tirée qu'à quelques exemplaires, pour les amis de l'auteur.

Très bel exemplaire, auquel on a ajouté la suite des vignettes-miniatures gravées par Guillaume d'après Veyssier pour l'édition in-18 de *Paris, Tardieu*, 1861, tirage à part, sans légendes, et un portrait de X. de Maistre, gravé à l'eau-forte par Fréd. Hillemacher, en deux états différents.

205. Le Prêtre marié, par le comte J.-H.-P. d'Augicour, précédé d'une préface de M. Charles Nodier. *Paris, Canel*, 1833, in-8, cart. dos de perc.

Édition originale.

206. Servitude et Grandeur militaires, par le comte Alfred de Vigny. *Paris, Bonnaire et Magen*, 1835, in-8, mar. r. jans. dent. int. tr. dor. (*Cuzin.*)

Édition originale.

Très bel exemplaire relié sur brochure et portant sur le faux-titre la signature de J. Assezat.

Ex libris Lebarbier de Tinan.

---

207. Dialogue tres elegant intitule le Peregrin, traictant de l'honneste et pudique amour concilie par pure et sincere vertu, traduict de vulgaire italien en langue frãcoyse, par Maistre Françoys Dassy... *Nouvellement imprime a Paris. On les vend en la grant salle du palais en la boutique de Galliot du pré.* (A la fin :) *Nouvellement imprimez à Paris par Nicolas Couteau, pour Galliot du pré*, 1527, in-4, car. goth. fig. sur bois, lettres ornées, mar. r. fil. et comp. à fr. coins ornés, dent. int. tr. dor. (*Trautz-Bauzonnet.*)

Première édition de cette traduction française du roman moral de J. Caviceo.

Bel exemplaire réglé de la vente J. Renard.

208. Les principales Avantures de l'admirable Don Quichotte, représentées en figures par Coypel, Picart le Romain et autres habiles maistres : Avec les explications des XXXI planches de cette magnifique collection tirées de l'original espagnol de Miguel de Cervantes. *La Haye, Pierre de Hondt*, 1746, gr. in-4, pl. mar. r. dos orné, fil. dent. int. tr. dor. (*Cuzin.*)

Bel exemplaire avec les planches du premier tirage.

209. Histoire de l'admirable Don Quichotte de la Manche, traduite de l'espagnol de Michel de Cervantes. Enrichie de belles figures dessinées de Coypel et gravées pas Folkema et Fokke. *Amsterdam, Arkstei et Merkus*, 1768, 6 vol. — Nouvelles de Michel Cervantes Saavedra. *Amsterdam*, 1768, 2 vol. — Ens. 8 vol. in-8, portr. et fig. br. non rog.

V. FACÉTIES. — PHILOLOGIE. — ÉPISTOLAIRES. MÉLANGES.

210. Relations du royaume de Candavia, envoyées à Mme la comtesse de ***. Imprimées à Jovial, chez Staket le Goguenard, ruë des Fièvres chaudes, à l'enseigne des Rêves. *A Paris, de l'Imprimerie de Jacques Josse, s. d.* (1715), pet. in-8 de 1 titre et 45 pp. mar. r. fil. à fr. dent. int. tr. dor. (*Duru.*)

Amusante et peu commune facétie, à laquelle Charles Nodier a consacré une notice dans ses *Mélanges tirés d'une petite bibliothèque*.
Exemplaire de CH. NODIER et de J. RENARD.

211. De Generib; ebrio‖sorum et ebrietate‖vitanda.‖Questio facetiarum et urbinitatis plena, q pulcherrimis‖optimorum scriptorum flosculis referta, in conclusione‖quodlibeti Erphurdiensis. Anno Christi M. D. XV. Cir‖ca antūnale œquinoctiū scolastico more explicata.‖(A la fin :) *Finis adest.*‖*M. cccc. xvj* (1516). ‖ *S. l.* in-4, goth. de 16 ff. non ch. tête dor. non rog. préparé pour la reliure.

Une des plus anciennes éditions de cet ouvrage singulier. D'après Panzer, elle aurait été imprimée à Erfurt.
Sur le titre de ce rare volume se trouve une grande figure sur bois, assez grotesque, représentant des animaux assis autour d'une table présidée par un veau, et sur laquelle se roule un singe.
Très bel exemplaire NON ROGNÉ.

212. Traité de l'origine et des progrez du Vertugadin. *S. l.* (*Paris*), 1733, in-12 de 44 pp. mar. citron, dos orné, fil. dent. int. tr. dor. (*Thibaron-Joly.*)

Exemplaire grand de marges de ce très rare opuscule sur l'origine des paniers.

213. De la Noblesse et preexcellence du sexe fœminin, faict et composé par noble chevalier et docteur en deux droitz Messire Henry Corneille Agrippa... translaté de latin en françoys. *On les vend à Paris, par Denys Janot s. d.* pet. in-8 de 56 ff. non ch. mar. r. dos orné, fil. et coins dorés, dent. nt. tr. dor. (*Trautz-Bauzonnet.*)

Traduction rare de ce traité singulier.

214. ¶ Dialogue apologétique excusant ou de‖fendant le dévôt sexe féminin : introduict par deulx par‖sonnaiges : l'un a nom Bouche maldisāt : l'autre Femme‖deffendāt : auquel (pour excuser ou deffendre le dict sexe)‖est alléguée la sainte escripture : les docteurs de leglise cō‖me sainct Jherosme/ sainct Ambroise/sainct Gregoire‖sainct Augustin/sainct Bernard, et plusieurs auctorités ‖ es philosophes. ‖ (A la fin :) ¶ *Cy finist le Dyalogue apologétique excusant le ‖ sexe fémenin contre Bouche maldisant. Et femme def‖fendant. Nouvellement imprimé à Paris le xxiii. jour ‖ d'Aoust lande grâce Mil cincq cens et xvi* ‖ (1516), in-4, goth. de 4 ff. prél. non ch. pour le titre et la table, 71 ff. ch. et 1 f. blanc, mar. r. fil. à fr. fleurons et milieu dorés, dent int. tr. dor. (*Duru.*)

Exemplaire réglé de cet ouvrage en prose, très rare ; le titre est orné d'une grande figure sur bois représentant *L'Arbre de Jessé.*

---

215. Traité du choix et de la méthode des Études, par Mr Claude Fleury. *Paris, Aubouin,* 1686, in-12, mar. bleu jans. dent. int. tr. dor. (*R. Petit.*)

Édition originale.

216. Instruction tres bonne et tresutile, faite par quatrains, concernant le profit et utilité d'un chacun en tous estatz ; plus ont esté ajoutez plusieurs ditz moraux et belles sentences non encore imprimez. *A Lyon, par Benoist Rigaud,* 1561, in-16 de 32 ff. non ch. mar. bleu, fil. à fr. dent. int. tr. dor. (*Duru.*)

Petit volume rare.

---

217. Lettres de Marie Rabutin-Chantal, marquise de Sévigné, à Madame la comtesse de Grignan, sa fille. *S. l.* (*Rouen*), 1726, 2 vol. gr. in-12, mar. olive jans. dent. int. non rog. (*David.*)

Première édition sous cette date, la plus estimée, imprimée en gros caractères et contenant 134 lettres.

Superbe exemplaire, non rogné (hauteur : 180 mill.) contenant les *Errata* qui manquent souvent.

218. Lettres de Madame Rabutin-Chantal, marquise de Sévigné, à Mme la comtesse de Grigan, sa fille. *A La Haye, chez P. Gosse, J. Neaulme et Comp.* 1726, 2 vol. in-12, titres r. et noir, br.

Édition très rare renfermant 43 lettres de plus que l'édition originale parue à Rouen la même année, et dont l'éditeur, d'après Walckenaer, serait un nommé Gendebien.

Exemplaire non rogné, d'une conservation parfaite, auquel on a ajouté un portrait ancien de Madame de Grignan, gravé par Pinssio d'après Ferdinand, et publié par Odieuvre.

---

219. Le Ménagier de Paris, traité de morale et d'économie domestique composé, vers 1393, par un bourgeois parisien, publié par la Société des Bibliophiles françoys. *Paris, Crapelet*, 1846, 2 vol. in-8, papier de Hollande, demi-rel. mar r. avec coins, dos orné, fil. tête dor. ébarbé. (*Andrieux.*)

Livre curieux, dont la publication est particulièrement due à M. le baron Jérôme Pichon.

220. Mélanges. — Réunion de 9 pièces, in-8 et in-12, rel. br. et dérel.

Bolliond-Mermet. De la Bibliomanie. *La Haye*, 1761. (*Edition originale*). — Remonstrances au roy Henri III sur les désordres et misères du royaume, par Nic. Rolland. *S. l.* 1588, demi-rel. (*Ed. en petits caractères.*) — Le Livre des Comptes-faits, par Barrême. *Avignon*, 1772, mar. r. (*Rel. anc.*). — Spon. De l'Origine des Estrennes, 1674. — Oraison funèbre de Messire Louis Mandrin, colonel général des Faussauniers et Contrebandiers de France. *S. l. n. d.* — Pierre-Joseph Haitz. L'Esprit du cérémonial d'Aix, en la célébration de la Fête-Dieu. *Aix*, 1748. — Histoire des troubles de Tolose, l'an 1562, par Georges Bosquet. *Paris, Gay*, 1862 (*tiré à petit nombre*). — Vray Discours de la bataille des armées chrestienne et turquesque et de la triomphante victoire contre le Turc. *Lyon*, 1571. — Discours contre les femmes desbraillées de ce temps, par Pierre Juvernay, 1637. *Genève, Gay*, 1867 (*tiré à 100 exemplaires*).

221. Mélanges. — Réunion de 5 vol. in-12 et in-8, demi-rel. mar. ou v. tête dor. ébarbé.

Lettre de Christophe Colomb sur la découverte du Nouveau-Monde. *Paris, Gay*, 1865. (*Exemplaire sur papier soufre*). — Le Bourgeois poli. (*Réimpression faite à Chartres, par Garnier, et tirée à 70 exemplaires*). — Catéchisme à l'usage des églises de l'Empire français. *Paris*, 1806. — Peignot. Abrégé de l'Histoire de France. *Paris, Renouard*, 1819. — Ménabréa. De l'origine, de la forme et de l'esprit des jugements rendus au moyen âge contre les animaux. *Chambéry*, 1846 (*tiré à très petit nombre*).

222. Mélanges. — Réunion de 6 vol, in-8, br.

Henri Fournier. Traité de la typographie. *Tours*, 1870. (*Exempl. sur papier de Holl.*) — Adolphe Fabre. Les Clercs du Palais, *Lyon*, 1875. (*Exempl. sur papier de Holl.*) — Fournier. Les Officialités au moyen âge. *Paris*, 1880. (*Exempl. sur pap. de Holl. avec envoi à M. Ed. Laboulaye.*) — Lecoy de La Marche. La Chaire française au moyen âge. *Paris*, 1886. — Feugère. Bourdaloue, sa prédication et son temps. *Paris*, 1874. — A. Firmin-Didot. Observations sur l'orthographe française. *Paris*, 1868.

HISTOIRE

I. VOYAGES. — HISTOIRE UNIVERSELLE. HISTOIRE DES RELIGIONS.

223. De Insulis inventis Epistola Cristoferi Colom... ab Hispano ydeomate in latinû convertit : tercio Kl's maii M.cccc. xciii. *S. l. n. d.* in-8, de 8 ff. car. goth. fig. sur bois, mar. r. jans. dent. int. tête dor. ébarbé.

Réimpression fac-similée publiée chez Franck, à Paris, en 1858.

---

224. Discours sur l'Histoire universelle, à Monseigneur le Dauphin... par Messire Jacques-Bénigne Bossuet. Troisième édition, reveûë par l'auteur. *Paris, Michel David*, 1703, in-12, mar. brun foncé, dos orné, fil. et comp. à la Du Seuil, dent. int. tr. dor. (*Chambolle-Duru.*)

TROISIÈME ÉDITION ORIGINALE, qui présente le texte définitif de Bossuet.

---

225. Traitté de l'Origine des Cardinaux du Saint-Siège, et particulièrement des François. Avec deux traittez curieux des légats à Latere... (Par G. du Peyrat). *A Cologne, chez Pierre ab Egmont*, 1665, pet. in-12, mar. r. jans. dent. int. tr. dor. (*Cuzin.*)

PREMIÈRE ÉDITION de cette jolie édition sortie des presses de François Foppens, à Bruxelles, et que l'on joint à la collection elzevirienne. (WILLEMS, *les Elzevier*, n° 2017.)
Bel exemplaire, grand de marges.
Hauteur : 145 mill.

226. La Vie et Légende de Monseigneur sainct François. (A la fin :) *Cy fine la vie et legende de monseigneur sainct François imprimée à Paris pour François Regnault, libraire demourant en la rue Sainct Jacques à l'enseigne Saincte Claude, s. d.* in-8 de 168 ff. car. goth. figure sur bois, mar. brun jans. dent. int. tr. dor. (*Trautz-Bauzonnet.*)

Édition non citée.
Marque de François Regnault (1512-1551) sur le titre.
Bel exemplaire.

227. L'Histoire de Saincte Geneviesve, patronne de Paris, prise et recherchée des vieux livres escris à la main, des histoires de France, et autres autheurs approuvez. Plus un brief recueil et discours des choses antiques et signalées de ladicte maison... Par F. Pierre le Juge, Parisien. *A Paris, de l'Imprimerie de Henry Coypel*, 1586, pet. in-8 de 14 ff. prél. non ch. 243 ff. de texte 8 ff. non ch. et 1 f. blanc, portr. de sainte Geneviève gr. sur bois mar. grenat, jans. dent. int. tr. dor. (*Chambolle-Duru.*)

PREMIÈRE ÉDITION de cette curieuse et intéressante légende.

228. LE PURGA‖TOIRE SAĨCT ‖ PATRICE. (A la fin :) *Cy fine le livre intitule Le ‖ purgatoire Sainct Patrice. ‖ Nouvellement imprime à Pa‖ris en la rue neufve Nostre Da‖me a lenseigne de lescu de Frãce* ‖, *s. d.* in-8 de 16 pp. car. goth. fig. sur bois, mar. citron, fil. et fleurons dorés aux coins et au centre des plats. doublé de mar. vert, large dent. tr. dor. (*Bauzonnet.*)

Édition de toute rareté, sortie soit des presses de Jean Trepperel, soit de celles d'Allain Lotrian ou encore de Nicolas Chrestien, qui tous trois ont successivement habité à l'adresse ci-dessus.

Figure sur bois sur le titre (*saint Patrice et le Diable*) et au recto du dernier f. (*Adoration des Mages*). Au verso du dernier f., l'*Escu de France*.

Petit raccommodage au 15e f.

229. Les Miracles de ‖ nostre Dame de Lyesse | ꝫ cõme elle fut trouvée ‖ ꝫ nommée | comme pourrez voir cy après. ‖ *A Paris | pour la vesve Jean Bõfons rue neu‖ve nõstre Dame | a lenseigne sainct Nicolas.* ‖ *s. d.* (*vers* 1560), in-8, goth. de 23 ff. non ch. à longues lignes, fig. sur bois sur le titre, mar. olive à long grain, fil. à fr. chiffre sur les plats, dent. int. tr. dor. (*Koehler.*)

Opuscule peu commun, à la fin duquel se trouve une pièce de vers.

230. Explication des Cérémonies de la Fête-Dieu d'Aix en Province, ornée de figures et des airs notés consacrés à cette fête. *Aix, David*, 1777, in-12, portrait et planches, musique notée, mar. r. fil. à fr. dent. int. tr. dor. (*Cuzin.*)

Cet ouvrage est de Gaspard Grégoire, natif d'Aix. Les figures ont été dessinées par Paul Grégoire, un de ses fils, et gravées par Gaspard, frère de Paul.

Bel exemplaire, presque NON ROGNÉ.

---

231. Theatrum crudelitatum Hæreticorum nostri temporis (auctore Rich. Verstegan). *Antverpiæ, apud Adrianum Huberti,*

1587, in-4, fig. gr. sur cuivre, mar. noir jans. dent. int. tr. dor. (*Chambolle-Duru.*)

Édition originale contenant le premier tirage des 30 planches y compris le frontispice.

La date de 1587 a été corrigée et porte 1588, de même que le dos de la reliure.

Bel exemplaire.

232. Discours sur le saccagement des églises catholiques par les hérétiques anciens et nouveaux calvinistes en l'an 1562. Par F. Claude de Sainctes. — Discours sur les moyens anciennement pratiquez par les princes catholiques entre les sectes. Par F. Claude de Sainctes. — *Paris, Fremy*, 1563. — Ens. 2 ouvrages en 1 vol. in-8, mar. vert, dos orné, fil. dent. int. tr. dor. (*Duru.*)

Exemplaire de la vente Chartener.

II. HISTOIRE DE FRANCE

233. Le Catalogue des antiques érections des villes et cités, fleuves et fontaines, assises es troys Gaules, cestassavoir Celticque, Belgicque et Aquitaine, contenant deulx livres. Le premier faict et composé par Gilles Corrozet Parisien, le second par Claude Champier, Lyonnais... *On les vend à Lyon, chez Francoys Juste, s. d.* (1535), in-16, goth. de 8 ff. prél. non ch. 84 ff. de texte et 4 ff. non ch. de table, fig. sur bois, mar. brun, fil. à fr fleurons et milieu dorés, dent. int. tr. dor. (*Chambolle-Duru.*)

Une des plus anciennes éditions de ce joli volume, orné de figures finement gravées sur bois. Le titre et les en-têtes des divisions sont en caractères ronds.

234. Cérémonial du Sacre des Rois de France, précédé d'un discours sur l'ancienneté de cet acte de religion... (Par Pons-Aug. Alletz). *Paris, Desprez*, 1775, in-8, mar. r. dos orné, fil. et comp. à la Du Seuil, dent. int. tête dor. non rog. (*Thivet.*)

235. Cérémonies et Prières du Sacre des rois de France, accompagnées de recherches historiques. (Par Menin, publié par Motteley). *A Paris, chez Firmin-Didot*, 1825, in-12, pap. vél. mar. bleu, dos orné, fil. et comp. fleurdelisés, dent. int. tête dor. non rog. (*Thivet.*)

236. La Grād Monarchie de France, composée par messire Claude de Sayssel. *On les vend en la boutique de Galiot du Pré, libraire juré en luniversité de Paris.* (A la fin :) *Ce présent livre a esté achevé d'imprimer à Paris, par Denys Janot, le dernier jour de décembre, pour Galliot du Pré, libraire juré en l'université de Paris* (1541), in-8, titre avec encadrement gravé sur bois, vign. sur bois, v. f. dos orné, fil. tr. dor. (*Petit, succ. de Simier.*)

Marque de Galliot du Pré au verso du dernier f.

237. Les Anciennes et modernes Ge||nealogies des Roys de Fran||ce et mesmement du Roy Pharamond. | Avec leurs épitaphes et effigies. | ℭ Et sont à vendre à Paris en la rue Saint-Jacques || et a Poictiers au Pellican. Et a l'imprimerie a la || Celle | et devant les Cordeliers | par Jacques Bou||chet imprimeur audict Poictiers. || (A la fin :) ℭ *Cy finissent les épitaphes, généalogies || et effigies des Roys francoys. Imprimez || nouvellement a Poictiers, par Jacques || Bouchet Imprimeur le vingt septiesme jour de novembre l'an mil cinq cens trente ung.* || (1531), in-4, goth. de 14 ff. prél. non ch. et 130 ff. ch. fig. et nombreux portr. gr. sur bois, mar. r. fil. à fr. fleurons et milieu dor. dent. int. tr. dor. (*Capé.*)

Seconde édition de ce très rare ouvrage, en prose et en vers, dont l'auteur, Jehan Bouchet, est nommé dans une pièce de vers de Nicolas Parvus, imprimée en lettres rondes, au commencement du volume.

Bel exemplaire provenant des bibliothèques COPPINGER, SOLAR, POTIER, ODIOT, DOUBLE et GÉNARD.

238. L'Histoire et Discours au vray du siège qui fut mis devant la ville d'Orléans, par les Anglois, le mardy XII, jour d'octobre M. CCCC. XXVII. Régnant alors Charles VII. Roy de France. Contenant toutes les saillies, assauts escarmouches et autres particularitez notables qui de jour en jour y furent faictes : avec la venue de Jeanne la Pucelle... Prise de mot à mot, sans aucun changement de langage, d'un vieil exemplaire escrit à la main en parchemin... En ceste édition y a esté adjousté la harangue du Roy Charles vij à ses gens, et celle de la Pucelle au Roy, avec la continuation de son histoire... (Par Léon Trippault). *A Orléans, chez Olyvier Boynard et Jean Nyon*, 1606, in-8 de 4 ff. prél. non ch. et 216 pp. mar. vert, dos orné, fil. dent. int. tr. dor. (*Hardy-Mennil.*)

Deuxième et rare édition d'un des plus anciens et des plus précieux documents qui existent sur Jeanne d'Arc et le siège d'Orléans.

Très bel exemplaire, orné du frontispice contenant le portrait de Jeanne d'Arc, gravé par Léonard Gaultier; il provient de la bibliothèque E.-M. BANCEL.

239. Aureliæ Urbis memorabilis ab Anglis Obsidio, anno 1428, et Joannæ Viraginis Lotharingæ res gestæ. Authore Jo. Lodoïco Micquello... *Aureliæ, apud Petrum Treperel*, 1560, in-8 de 112 pp. mar. r. jans. dent. int. tr. dor. (*Chambolle et Duru.*)

Première édition, extrêmement rare, de cette relation de la défense d'Orléans par Jeanne d'Arc, imprimée dans cette même ville, et dédiée au cardinal Charles de Lorraine. L'auteur Jean Louis Micquet, ou Miqueau, déclare s'être appliqué à réunir les renseignements dispersés dans les manuscrits. Il était principal du collège d'Orléans.

Bel exemplaire de A. Firmin-Didot.

240. Heroinæ Nobilissimæ Joannæ Darc Lotharingæ Historia, exvariis gravissimæ atque incorruptissimä fidei scriptoribus excerpta. Ejusdem mavortiæ virginis innocentia a calumniis vindicata. authore Joanne Hordal. *Ponti-Mussi, apud Melchiorem Bernardum*, 1612, in-4, titre-front. et portraits, mar. bleu, dos et coins des plats fleurdelisés, dent. int. tr. dor. (*Trautz-Bauzonnet.*)

Bel exemplaire de ce livre rare, orné d'un frontispice et de deux portraits de Jeanne d'Arc gravés par Léonard Gaultier.

241. L'INNOCENCE DE LA TRESILLUSTRE, TRES-CHASTE ET DÉBONNAIRE PRINCESSE MADAME MARIE, ROYNE D'ESCOSSE. Où sont amplement réfutées les calomnies faulces et impositions iniques et publiées par un livre secrettement divulgué en France, l'an 1572, touchant tant la mort du Seigneur d'Arley, son espoux, que autres crimes dont elle est faulcement accusée... (Par François de Belleforest). *S. l.* (*Paris*), *Imprimé l'an* 1572, in-8 de 20 ff. prél. non ch. 110 et 78 ff. ch. mar. bleu foncé, fil. à fr. doublé de mar. r. dent. à petits fers, tr. dor. (*Bauzonnet.*)

Cet ouvrage, fort rare, est la réfutation de celui de George Buchanan : *Histoire de Marie, Royne d'Ecosse.*

Très bel exemplaire, grand de marges, aux armes et au chiffre du baron J. Pichon ; il provient en dernier lieu de la bibliothèque J. Renard.

242. MARTYRE DE LA ROYNE D'ESCOSSE, douairière de France ; contenãt le vray discours des trahisons à elle faictes à la suscitation d'Elizabet, Angloise, par lequel les mensonges, calomnies et faulses accusations dressées contre ceste très-vertueuse, très-catholique et très-illustre princesse sont esclarcies et son innocence averée. Avec son oraison funèbre prononcée en l'Eglise Nostre-Dame de Paris. (Par Adam Blackwood.) *A Edimbourg, chez Jean Nafeild*, 1588, pet. in-8 de 9 ff. prél. non ch. 472 et 53 pp. et 9 ff. non ch. dont

le dernier blanc, mar. bleu foncé, fil. à fr. dent. int. tr. dor. (*Bauzonnet-Trautz.*)

Cette apologie de Marie Stuart est un des plus rares des ouvrages qui aient été composés sur cette princesse.

Bel exemplaire de la seconde édition, augmentée de l'Oraison funèbre; il provient des bibliothèques du baron J. Pichon, dont il porte les armes, et de J. Renard.

243. Discours sur les causes de l'Exécution faites ès personnes de ceux qui avoient conjuré contre le Roy et son Estat. *A Paris, à l'Olivier de P. l'Huillier,* 1572, in-8 de 20 ff. non ch. mar. r. jans. dent. int. non rog. (*Thibaron.*)

Apologie de la Saint-Barthélemy, très rare.

Exemplaire de la vente Bancel, réglé, relié sur brochure. On y a ajouté un portrait ancien de Charles IX, remonté.

Coin supérieur du 18e f. refait.

244. Articles de la Saincte-Union des Catholiques françois. *S. l.* 1588, in-8 de 35 pp. mar. brun jans. dent. int. tr. dor. (*Thivet.*)

245. Remonstrances tres-humbles au Roy de France et de Polongne Henry troisiesme de ce nom, par un sien fidèle officier et subject, sur les désordres et misères de ce Royaumes (*sic*), causes d'icelles et moyés d'y pourveoir à la gloire de Dieu et repos universel de cet Estat. *S. l.* 1588, pet. in-8 de 395 pp. mar. r. fil. et comp. tr. dor. (*Rel. de l'époque.*)

Première édition, en gros caractères, d'un écrit violent composé par le célèbre ligueur Nicolas Rolland.

246. Le Faux Visage descouvert du fin Renard de la France. A tous catholiques unis et sainctement liguez pour la defence et tuition de l'Eglise apostolique et romaine, contre l'ennemy de Dieu ouvert et couvert. Ensemble quelques anagrammes et sonnets propres pour la saison du jourd'huy. *S. l.* (*Paris*), *Jacques de Varangles*, 1589, in-8 de 16 pp. vélin mod. fil. tête dor. ébarbé.

Violente satire contre Henri III.

Exemplaire réglé.

247. Pièces historiques en vers et en prose relatives à la fin du règne de Henri III. — Ens. 6 pièces en 1 vol. in-16, mar. r. jans. dent. int. tr. dor. (*Thibaron.*)

Le Faux-Visage descouvert du fin Renard de la France. Ensemble quelques anagrámes et sonnets propres pour la saison du iourd'huy. *Tolose, Colomies*, 1589, 30 pp.

Regrets et souspirs lamentables de la France sur le trespas du duc de Guyse. *S. l. n. d.* (*Toulouse*, 1589), 8 ff.

Oraison funèbre prononcée aux obsèques de Loys de Lorraine, cardinal et Henry duc de Guise, frères (par Muldrac). *Prins sur la copie imprimée à Paris*, 1589, 32 pp.

Requeste presentée à Messieurs de la Court de Parlement de Paris, par Madame la duchesse de Guyse pour informer du massacre et assassinat commis en la personne de feu Monseigneur de Guyse. *S. l.* 1589, 15 pp.

Advertissement et premières escriptures du procez... contre Henry de Valois, jadis roy de France et de Pologne. *Tolose, Colomiez*, 1589, 16 pp.

Discours deplorable du meurtre et assassinat cōmis en la ville de Blois, de feu Henry de Lorraine, duc de Guyse. *S. l. n. d.* 6 ff.

Exemplaire de la vente Bancel.

248. Les Causes qui ont contrainct les catholiques à prendre les armes. Avec les articles des causes plus particulières qui y obligent chascun estat. *Imprimé pour la defence de la Religion catholique*, 1589, in-8 de 24 pp. mar. r. jans. dent. int. tr. dor. (*Thibaron-Échaubard.*)

Pamphlet des plus violents contre Henri III, prêchant franchement son assassinat, et se terminant par un certificat des docteurs de la Sainte Théologie témoignant n'y avoir rien trouvé contre la foy de l'Église catholique et romaine.

Bel exemplaire réglé de cette pièce rarissime, provenant des ventes Bancel et Noilly.

249. Le Martyre des deux frères, contenant au vray toutes les particularitez plus notables des massacres et assassinats, commis ès personnes de tres-hauts, tres-puissans et tres-chrestiens Princes, Messeigneurs le Reverendissime Cardinal de Guyse, archevesque de Reims. Et de Monseigneur le duc de Guyse, Pairs de France. Par Henry de Valois à la face des Estats dernièrement assemblez à Bloys. Reveu par l'autheur et augmenté de plusieurs choses notables. *S. l.* 1589, pet. in-8, mar. r. jans. dent. int. tr. dor. (*Thibaron.*)

La plus rare édition sous cette date de cette pièce fort vive et très curieuse. Elle se compose de 65 pp. 1 page blanche, 4 pp. non ch. qui contiennent la pièce de vers *Au Lecteur, sur les deux anagrammes de l'auteur*, et les *Stances d'un gentilhomme catholique sur le martyre des deux frères*, et enfin 1 f. blanc. Les anagrammes de l'auteur donnent *Charles Pinselet* : cette pièce serait-elle de Ch. Pinselet, l'auteur du *Martyre de Jacques Clément ?*

Bel exemplaire de la bibliothèque Bancel.

250. Pièces diverses relatives à Henri IV. — Réunion de 3 pièces in-12, préparées pour la reliure, et 3 pet. in-8 rel.

Déclaration et protestation du Roy (Henri IV), faite le ij d'Aoust 1589. Avec une lettre dudit seigneur Roy, adressée aux Sieurs de Langres. Plus la responce d'iceux. *A Langres*, 1589; 7 pp. — Arrest de la Cour de Parlement de Paris, contre Henry de Bourbon, ses fauteurs et adherans, donné le quatorziesme jour d'octobre mil cinq cens quatre-vingts-neuf. *Lyon, Pillehotte*, 1589; 4 ff. non ch. — Déclaration du Roy (Charles X), par laquelle il veut que les maisons catholiques qui assistent le Roy de Navarre, esquelles il ne se commet aucun acte d'hostilité, soient conservées. *Paris, Nivelle et Thiery*, 1589; 11 pp. — Formulaire des prières pour l'extirpation de l'hérésie, délivrance du Roy (Charles X) et paix de ce royaume de France. Ordonné par Monseigneur l'Evesque de Nevers (Arnaud Sorbin). *Paris, Chaudière*, 1590; 8 pp. (*très rare*). — Procédure faicte contre Jean Chastel pour le parricide par luy attenté sur Henry IV. Et Arrests donnez contre le Parricide et les Jésuites. *Paris, Mettayer*, 1595; 45 pp. (*très rare*). — Edit et déclaration du Roy sur la réduction de la Ville de Paris soubs son obéyssance. *Paris, Morel*, 1594; 24 pp.

251. Arrest de la Cour de Parlement par lequel est enioint de recognoistre le Roy Charles X pour vray et legitime Roy de France et deffendu aucun traité de paix avec Henry de Bourbon. *Paris, Nivelle et Rolin Thierry*, 1590, in-8 de 6 pp. et 1 f. pour le privilège, v. f. fil. dent. int. (*Petit-Simier.*)

252. Arrestz et Résolutions des docteurs de la Faculté de Paris, sur la question sçavoir s'il falloit prier pour le Roy au Canon de la Messe... *A Paris, par Denis Binet*, 1589, pet. in-8 de 14 pp. et 1 f. non ch. contenant un fleuron typographique, mar. r. jans. dent. int. tr. dor. (*Duru et Chambolle.*)

Opuscule rare et curieux, non cité par Brunet. Sur la demande de *quelques hommes signallez et remarquables de la ville de Beauvais*, les docteurs déclarèrent *qu'il ne falloit exprimer en aucune oraison ecclesiastique le nom de Henry* (IV), *à raison de l'excommunication... qu'il avoit encouru...* et que les mots même : *pour nostre Roy*, seraient supprimés des prières.

Cet opuscule est suivi de plusieurs oraisons en latin *pour les princes catholiques.*

253. Histoire du Roy Henry le Grand, composée par messire Hardouin de Perefixe. *A Amsterdam, chez Daniel Elzevier*, 1664, in-12, titre-front. gr. mar. bleu, dos et plats fleurdelisés et armes de Henri IV sur les plats, dent. int. tr. dor. (*Capé.*)

La meilleure et la plus complète des quatre éditions de ce livre données par les Elzevier d'Amsterdam. Elle contient, de plus que celles de 1661, un *Recueil de quelques belles actions et paroles mémorables du roy Henry le Grand* et un poème de Cassagnes, intitulé : *Henry le Grand au Roy.* (Willems, *Les Elzevier*, nº 1346.)

Bel exemplaire, grand de marges. Hauteur : 133 mill. 1/2.

254. Discours des faicts heroïques de Henry le Grand, par Hierosme de Benevent. *Paris, Jean de Heuqueville*, 1611, in-8, vélin.

255. Henri IV. — Réunion de 2 vol. in-8, demi-rel. mar. publiés par *Aubry* en 1858.

Discours des cérémonies observées à la conversion du prince Henry quatriesme, roy de France, à la religion catholique.

Procès du tres-meschant et détestable parricide Fr. Ravaillac. (*Exemplaire sur papier de Chine; portrait de Henri IV par Saint-Aubin ajouté.*)

256. Discours véritable de ce qui s'est passé en la réduction de la Ville de Paris, depuis le sixiesme de mars iusques à la fin dudict mois. *Lyon, Pierre Michel*, 1594, in-8 de 32 pp. mar. r. jans. dent. int. tr. dor. (*R. Petit.*)

257. Satyre Menippée de la vertu du Catholicon d'Espagne et de la tenue des Estats de Paris... Dernière édition, enrichie de figures en taille douce, augmentée de nouvelles remarques (par Le Duchat). *A Ratisbonne, chez les héritiers de Mathias Keruer* (*Bruxelles, Foppens*), 1711, 3 vol. in-8, front. fig et portraits, mar. r. à long grain, dos orné et parsemé de la croix de Lorraine, fil. et dent. sur les plats, tête dor. ébarbé.

Bel exemplaire contenant, outre les figures de l'édition, de nombreux portraits gravés par Harreroyn, remontés, ajoutés.

258. Déclaration du Roy (Louis XIII), par laquelle Sa Majesté déclare qu'elle a pris la tres-saincte et tres-glorieuse Vierge pour protectrice spéciale de son royaume. *Paris, Mettayer, Estienne et Rocolet*, 1638, pet. in-8 de 8 pp. mar. bleu foncé, fil. et comp. à la Du Seuil, dent. int. tr. dor. (*Thivet.*)

Rare.

259. Révolution Française. — Réunion de 3 vol. dont 2 dérel. non rog. et 1 en demi-chag. r.

Défense de Louis XVI, prononcée le 26 décembre 1792 par de Sèze. *Paris*, 1792; 2 beaux portraits ajoutés. — Calendrier de la République française, imprimé par ordre de la Convention nationale. *Paris*, 1794. — Concordance des calendriers républicain et grégorien, depuis 1793 jusques et compris l'an 22. *Paris, Dècle*, 1810.

260. Les Antiquitez, Croniques et Singularitez de Paris, ville capitale du Royaume de France... Par Gilles Corrozet, Parisien, et depuis augmentées par N. B., Parisien (Nicolas Bonfons). A *Paris, par Nicolas Bonfons*, 1586. — Les Antiquitez et Singularitez de Paris. Livre second. De la Sépulture des rois et roynes de France, princes, princesses, et autres persõnes illustres : représentez par figures ainsi qu'ils se voyent encores à presẽt es Eglises où ils sõt inhumez. Recueillis par Jean Rabel, M. paintre. *Paris, Nicolas Bonfons*, 1588. — Ens. 2 tomes en 1 vol. in-8, mar. r. jans. dent. int. tr. dor. (*Thibaron.*)

Edition peu connue, recherchée à cause des 55 gravures sur bois dont la seconde partie est ornée.

261. Mélanges sur Paris. — Réunion de 3 vol. in-8 br. et de 1 vol. in-8, demi-rel. mar. vert avec coins.

Relation des choses arrivées pendant le siège de Paris et sa défense par le duc de Nemours contre Henri de Bourbon, traduit de l'espagnol de Cornejo. *Paris*, 1834. (*Tiré à 30 exemplaires*). — Journal du siège de Paris en 1590... publié par A. Franklin. *Paris*, 1876. — Le Calendrier des confréries de Paris, par J.-B. le Masson, forésien. *Paris*, 1875. (*Exemplaire sur papier de Chine.*) — La Danse macabre des SS. Innocents de Paris, d'après l'édition de 1484. *Paris*, 1874; fig. (*Exemplaire sur papier de Chine.*)

262. Relation exacte et circonstanciée de la procession faite à Toulouse, le 17 mai 1762, à l'occasion du vœu séculaire de ladite ville lors de l'expulsion des Huguenots... *A Toulouse, de l'imprimerie de Jean-Joseph Douladoure*, 1762; 56 pp. — Relation historique et remarquable, contenant ce qui se passa dans la ville de Toulouse en mai 1562. Où l'on verra la fuite des Huguenots contre les Catholiques, leurs différens combats... *S. l.* (*Toulouse*), 1762; 24 pp. — Ens. 2 pièces en 1 vol. in-12, mar. violet, dos orné, fil. dent. int. tête dor. non rog. (*Andrieux.*)

Exemplaires NON ROGNÉS de ces deux très rares relations.

III. DIVERS. — BIBLIOGRAPHIE. — MÉLANGES

263. Le Blason des couleurs (*sic*) en armes, livres et devises. Livre très utile et subtil pour scavoir et congnoistre dune a chascune couleur la vertu et propriété. Ensemble la manière de blasonner lesdictes couleurs... Nouvellemēt imprime. *S. l. n. d.* in-8 de 4 ff. non ch. 1 f. blanc et 1 f. avec une figure sur chaque page, 54 ff. ch. fig. sur bois coloriées, lettres ornées, mar. r. fil. à fr. dent. int. tr. dor. (*Duru.*)

Edition rare, imprimée vers 1540 en caractères ronds.

264. Alphonse Chassant : Dictionnaire des devises; 2 vol. — Dictionnaire des abréviations usitées dans les inscriptions du moyen-âge. — Paléographie des chartes et des manuscrits du XIe au XVIIe siècle. — Dictionnaire de Sigillographie. — *Paris, Dumoulin, Aubry*, 1860-1878. — Ens. 5 vol. in-12 dont 3 en demi-rel. chag. vert ébarbé, les 2 autres br. fig. sur bois.

265. La Gallerie des Femmes fortes, par le P. Pierre Le Moyne, de la Compagnie de Jésus. *A Leiden, chez Jean Elsevier et à Paris, chez les Angot*, 1660, pet. in-12, portr. mar. bleu foncé, fil. à fr. dent. int. tr. dor. (*Bauzonnet-Trautz.*)

Jolie édition ornée de 20 portraits à pleine page et d'un frontispice gravés sur cuivre.
Bel exemplaire aux armes du comte DE LAGONDIE.

266. Histoire de la Vie et du Procès du fameux Louis-Dominique

Cartouche et de plusieurs de ses complices. *S. l.* 1723, in-12 de 105 pp. mar. vert, dos orné, fil. dent. int. tr. dor.

---

267. Marques typographiques, ou Recueil des monogrammes, chiffres, enseignes, emblèmes, devises, rébus et fleurons des libraires et imprimeurs qui ont exercé en France, depuis l'introduction de l'Imprimerie, en 1470, jusqu'à la fin du XVIe siècle... par M. L.-C. Silvestre. *Paris, Impr. Renou et Maulde*, 1867, 2 vol. gr. in-8, fac-similés. (*Préparé pour la reliure.*)

Exemplaire sur GRAND PAPIER VÉLIN.

268. Mélanges bibliographiques et archéologiques. — Réunion de 3 vol. in-8, demi-rel. mar. tête dor. ébarbé. (*Thivet.*)

Essai sur les Livres dans l'antiquité, particulièrement chez les Romains, par H. Géraud. *Paris*, 1840. — Philobiblion, excellent traité sur l'Amour des Livres, par Richard de Bury. *Paris*, 1856. (*Exempl. sur papier de Chine.*) — De l'Origine de la Signature et de son emploi au moyen-âge; avec 48 planches; par M. C. Guigne. *Paris*, 1863.

269. Le Livre et la petite Bibliothèque d'Amateur. Essai de critique, d'histoire et de philosophie morale sur l'Amour des Livres, par M. Gustave Mouravit. *Paris, Aubry, s. d.* in-8, papier de Hollande, demi-rel. mar. brun, dos orné, fil. tête dor. ébarbé. (*Thivet.*)

270 MANUEL DU LIBRAIRE et de l'Amateur de Livres, par J.-Ch. Brunet. Cinquième édition. *Paris, Firmin-Didot*, 1860-1865, 6 vol. demi-rel. mar. vert, tête dor. ébarbé. — Supplément. *Paris, Firmin-Didot*, 1878-1880, 2 vol. br. — Dictionnaire de Géographie à l'usage du Libraire et de l'Amateur de Livres. *Paris, Firmin-Didot*, 1870, 1 vol. débroché. — Ens. 9. vol. in-8.

271. Catalogues de ventes aux enchères. — Réunion de 5 vol. gr. in-8, br. ou cart.

Chedeau, 1865. — Desq, 1866. — Pichon, 1869. (*Exemplaire sur* GRAND PAPIER); — Potier, 1870. (*Portrait ajouté*); — Lebœuf de Montgermont, 1876.

Tous ces catalogues sont avec les prix d'adjudication manuscrits ou avec les tables des noms d'auteurs.

272. Bibliographie des principales Editions Originales d'écrivains français du XVe au XVIIIe siècle, par Jules Le Petit. *Paris, Quantin*, 1888, pet. in-4, pap. vergé fort, 300 fac-similés, br

---

273. LE PROPRIETAIRE EN FRANÇOYS. (A la fin : *Cestuy livre des pprietes des choses fut trãslaté de latin en frãçoys... Et*

le traslata frère Jehan Corbichon... Et a été revisité par frère Pierre Ferget... Et imprimé à Lyon par Mathieu Husz le xve iour de mars 1491, in-fol. à 2 col. car. goth. fig. sur bois, lettres ornées, mar. brun, comp. à fr. style xve siècle, sur le dos et les plats, tr. dor. (*Chambolle-Duru.*)

Le *Propriétaire des choses* (*Liber de proprietatibus rerum*) de frère Barthélemy de Glanvilla, écrit vers le milieu du xive siècle, est une sorte d'Encyclopédie d'histoire naturelle et de médecine.
Bel exemplaire de la vente Noilly.

274. ¶ Bref sommaire des || sept vertus / sept ars liberaulx | sept ars de Poe||sie / sept ars méchaniques / des Philosophies / des || quinze ars magicques. La louege de musique. || Plusieurs bõnes raisons à cõfondre les Juifz || qui nyent ladvenement nostre seigneur Je||sus christ. Les dictz et bõnes sentences des || Philozophes : Avec les noms des pre||miers inventeurs de toutes choses || admirables ꝛ dignes de scavoir. || Faict par Guillaume Telin || de la ville de Cusset en || Auvergne. || (A la fin :) ¶ *Cy fine ce present livre nouvellement im||prime à Paris par Nicolas Cousteau / pour || Galliot du pré marchant libraire juré de || Luniversite. Et fut achevé d'imprimer le || xiie. jour de février Mil cinq cens. xxxiii* || (1533), in-4, goth. de 4 ff. prél. non ch. 135 ff. ch. de texte et 1 f. non ch. pour les corrections, titre r. et noir, lettres ornées, mar. vert, dos orné, fil. comp. aux angles des plats à petits fers et au pointillé, dent. int. tr. dor. (*Niedrée.*)

Livre fort rare et fort curieux.
Très bel exemplaire des bibliothèques Crozet et Yemeniz.
Hauteur : 182 mill.

LIVRES EN NOMBRE

275. La Vierge Marguerite substituée à la Lucine antique. Analyse d'un poème inédit du xve siècle, suivie de la description du manuscrit et de recherches historiques, par un Fureteur (Félix Soleil). *Paris*, 1885, in-8, pap. de Holl. facsimilé, br.

402 exemplaires.

276. Félix Soleil. La Danse Macabre de Kermaria-an-Isquit.

Quatre dessins d'Antoine Duplais Destouches. *Saint-Brieuc, Prud'homme*, 1882, in-8, 4 pl. br.

17 exemplaires.

277. — Le même ouvrage, tiré à 30 exemplaires, sur papier teinté, texte encadré de rouge, titre avec encadrement gravé et 6 planches sur japon, br.

11 exemplaires.

278. Les Heures Gothiques et la Littérature pieuse aux XVe et XVIe siècles, par Félix Soleil. Frontispice à l'eau-forte par J. Adeline; vingt-quatre reproductions fac-similés; six dessins originaux d'Antoine Duplais-Destouches. *Rouen, Augé*, 1882, gr. in-8, pl. br.

94 exemplaires.

279. — Le même ouvrage, tiré à 40 exemplaires avec une triple suite du frontispice sur hollande, chine et japon.

10 exemplaires.

TABLE DES DIVISIONS

THÉOLOGIE

JURISPRUDENCE

SCIENCES

BEAUX-ARTS

BELLES-LETTRES

HISTOIRE

ORDRE DES VACATIONS

PREMIÈRE VACATION. — *Jeudi 25 février 1892.*

	Numéros.
Histoire.	243 à 272
Le Propriétaire en françoys. Lyon, 1491 ; in-fol. goth... .	273
Histoire.	274
Livres en nombre.	275 à 279
Belles-Lettres.	137 à 154
Stultifera Navis, per Seb. Brandt. — Bâle, 1498, in-4. . .	155
Belles-Lettres.	156 à 222
Histoire.	223 à 240
L'Innocence de Marie Royne d'Escosse, par François de Belleforest. — S. l. 1572; in-8. Reliure de Bauzonnet en mar. doublé.	241
Martyre de la Royne d'Escosse, par Adam Blackwood. — Edimbourg, 1588, in-8.	242

DEUXIÈME VACATION. — *Vendredi 26 février 1892.*

Théologie.	11 à 36
Sermons de Bourdaloue. — Paris, Rigaud, 1707, 16 vol. in-8.	37
Théologie.	38 à 41
Le Livre de l'Eternelle Consolacion. — Paris, Michel Le Noir, 1500, in-4, goth	42
Théologie.	43 à 63
Jurisprudence.	64 à 69
Sciences.	70 à 91
Beaux-Arts	92 à 97
Icones Historiarum Veteris Testamenti. — Lugduni, 1547, in-4.	98

	Numéros.
Quadrins historiques de la Bible, par Claude Paradin. — Lyon, 1553-1554; 3 parties en 1 vol. Exemplaire de la première édition; rel. en mar. doublé.	99
Beaux-Arts	100 à 119
Degli Habiti antichi, da Cesare Vecellio. — Venetia, 1590 et 1598. Beaux exemplaires de la première et de la seconde édition, ce dernier couvert d'une riche reliure de Chambolle-Duru, en mar. mosaïqué et doublé. . .	120 et 121
Beaux-Arts	122 et 123
Suites de Vignettes.	124 à 136
Heures de Kerver, 1501, 1520, *et de Hardouyn,* 1527. Exemplaires sur vélin.	•8 à 10
Théologie.	1 à 4
Horæ. Manuscrit du XVᵉ siècle, avec miniatures.	5
Heures à l'usage de Rome. — Paris, Simon Vostre, 1498, in-4. Exemplaire sur vélin.	6
Horæ ad usum Romanum. — Paris, Simon Vostre, 1508, in-4. Riche reliure de Capé en mar. mosaïqué et doublé. . .	7

N° 706

Paris. — Typ. Chamerot et Renouard, 19, rue des Saints-Pères. — 28227.

RED. :

19

www.ingramcontent.com/pod-product-compliance
Ingram Content Group UK Ltd.
Pitfield, Milton Keynes, MK11 3LW, UK
UKHW022109170726
13837UKWH00003B/1137

9 782329 241760